邹思程 著

少年先锋 II

Young Pioneers

鬼鉴岚

团结出版社

图书在版编目（CIP）数据

少年先锋.Ⅱ,鬼鉴岚/邹思程著.--北京:团
结出版社,2019.5
ISBN 978-7-5126-7068-6

Ⅰ.①少… Ⅱ.①邹… Ⅲ.①长篇小说－中国－当代
Ⅳ.① I247.5

中国版本图书馆 CIP 数据核字 (2019) 第 087017 号

出　版：团结出版社
　　　　（北京市东城区皇城根南街 84 号　邮编：100006）
电　话：（010）65228880　65244790
网　址：http://www.tjpress.com
E-mail：zb65244790@vip.163.com
经　销：全国新华书店
印　装：廊坊市海涛印刷有限公司

开　本：140mm×210mm　　　1/32
印　张：9.5
字　数：180 千字
版　次：2019 年 5 月　第 1 版
印　次：2020 年 6 月　第 2 次印刷

书　号：978-7-5126-7068-6
定　价：40.00 元

序言（第三版）

　　这是我写下的第三版序言，之所以被我加在最前面，是因为这篇序言与小说本身的情节并无关联，更多的只是我创作这部小说的细微感受。

　　最初想要写这部书，是三年前的事情了，当时我还是一个青涩稚嫩的孩子，内心只是想着要继续之前的作品《少年先锋：英雄》写下去，想法一变再变，从一开始想要写成一部番外篇逐渐变成了想要写成一部单独的作品。最开始对于主人公的想象是很模糊的，只是一个少年杀手而已，武力超绝，感情丰富。本来想让主人公叫"凌夜杰"这个名字，意思是凌驾于黑夜之上的英杰，但后来慢慢开始不喜欢这个名字，觉得它只是为了中二而中二，没有真正的力量。后来不知道怎么的就突然想到了东影尘这个名字，东方、影子和尘土。依旧中二，但却带着一种卑微的挣扎。我曾经为这个名字写过短短的几句：

　　　　在东方旭日余晖，

　　　　所触及不到的角落，

影子如同灰尘一样，

轻飘而零落，

满含着悲情的自由。

由此这个人物在我的心里丰满起来，整部小说也奠定了悲情的基调。东影尘需要失去父母，失去家庭，狗血的所谓小说主人公大都自小父母双亡。但事实上，我相信每一个作家都是迫不得已。完整美好的家庭背景，注定了人物无法承担太多超出世俗常理的能量，他们身上带着幸福的束缚。而我为了在小说中实现自己对极端英雄主义与浪漫主义的幻想，必须采用相对残忍的方式，为人物破除这种束缚。

真正动笔，是在我的第一场爱情失败之后，那个时候我的情绪低落至冰点，反而让我更轻易地完善了内容和情节，更准确地把握到人物的内心，创作变得顺畅起来。作家在某些时刻一定是离不开悲伤的，现实生活的悲伤会促使他们到作品中寻求慰藉。

这部小说前前后后修改了四次。

第一次，我只是简单地修改了一些错别字和语病。

第二次，我重新加工了内容，增添了一些旁支的人物和情节，让整个故事线更加合理通畅。

第三次，我开始尝试革新我自己的描写手法，而这距离小说最初版的完成，已经足足过去了两年的时间。过去我对战斗场面的描写十分娴熟，也开始掌握刻画人物的内心，后来我发觉这是远远不够的。在阅读《追忆似水年华》的过程中我开始逐渐掌握普鲁斯特那种细致而深入的体察能力，并将它们具象化到文字之中。这是我首次将大篇幅的"非情节内容"填充到小说当中去。而这一次修改过的地方，和最初的东西相比，已经大相径庭了。

第四次，也是这一次修改我增添了第二版和第三版序言。此前的内容主要还是在强调主人公面对感情的抉择与冲突，然而这并不是人性之中最有力量的部分，也并非我最初创作这部小说的本意。在和同学、朋友的日常交流之中，数次谈及阶级固化等社会问题，又联想到自己身上理想与现实的激烈矛盾，我开始意识到自己所要表达的东西究竟是什么。于是我决定把人与社会的关系添加进来，成为《鬼鉴岚》的主基调。这样一来，小说的主题也终于和"鬼鉴岚"这三个字的确切含义紧扣起来。东影尘为什么要执着于杀手的身份？因为他想借此逃避社会体制的压迫，将自己流放、游离于人类的边缘，以一些鲜血淋漓的代价，换取内心的自由。但不能直面现实，终究会被现实击垮。是不是这个原因，注定了主人公的结局，我不能完全肯定。

经过了四次修改，这部小说成了我心中算得上是"具有现实力量"的作品。

表达的艺术，源自于理想同现实、理智和情感、孤独与自由之间的复杂关系。

序（第一版）

昏黄的阳光透过巨大的玻璃窗投射在人们的脸上，日复一日，年复一年的劳作，让每个人的肉体和心灵都充斥着疲惫和麻木。

有时凝望着窗外，视线却被车辆的尾气和烟尘遮掩住了。透过阴霾的缝隙，观察着天空中的飞鸟，多么渴望，能如同它一样，与世隔绝，同时俯瞰一切。

我就像漫天飘散的宇宙尘埃，浮游在黑暗中，甚至不知道自己身在何处；我仿佛无端浩渺的星河光辰，摇曳在广袤里，甚至不清楚自己照耀何方。

仿佛一个现实的存在于社会的人，注定是要受现实控制的。人们在做着什么，他们就成了什么的奴隶。离群索居以逃避现实的人，不是野兽就是神仙。或许，想要把自己从这个凡世放逐，首先要是一个鬼。

鬼没有影子，黑暗但却无瑕疵；鬼没有生命，狡诈却毫无欲求；鬼没有同伴，孤独却了无牵挂。

每一个独立的灵魂都像孤魂野鬼，肉体的存在只是一种形式，唯一的作用是做精神的容器，就像鬼魂总要附于人身。

人都可能是鬼，但变成了鬼，就不再是一个普遍的人了。

命运就像一张巨大而锋利的网，把人们缚住无法挣脱，并且随着时光的流逝，把人分割得支离破碎。

许多时候脱离现实又回头盯着它看，开始对一切有了自己独立的思考，然后形成了自己的世界观，同时企图用这自认为正确的精神指引人，塑造一个与众不同的生命历程。

可是每一次正当我们为自己是少数人而洋洋得意时，便会开始怀疑自己的正确。对于事物，我们敬仰过，崇拜过，嘲讽过，鄙夷过。可是最可悲就在于，人终究改变不了它们。

作家江南说过，命运并非是能轻易突破的东西，当你觉得你突破了命运的时候，命运只是换成另外一种方式束缚着你，引导你去往最终的地方。

然而，人终究又分为肉体和灵魂。肉身有形，所以突破不了命运这张巨网，那么灵魂呢？

或许鬼，即是一个追求完美和精致的灵魂。

有些时候，灵魂要实现与众不同的完美，肉身就要被撕扯得支离破碎。

为了抗拒这种躯体的崩坏，就需要战斗，同那些正在撕扯你身体的东西。而这种战斗是必要的，因为一个精致的灵魂，至少也需要一个容器来盛放。每一场决定生死的战斗，对于鬼来说，好像仅仅只是为了保护这个残破的容器那么简单，但终究有一刻，那些鬼或者甚至来不及完全变成鬼的存在会突然明白，就连这个容器也并非他们所能够保护。

鬼，或许一生都要战斗。

鬼鉴岚。鬼，鉴岚。唯有鬼，才能堪破，这尘世间的阴霾。

然而堪破这阴霾的同时，生命也暗自走向熊熊燃烧着的黑色的烈焰。

鬼鉴岚，讲的，就是这样一个鬼的故事。

序（第二版）

　　每个城市到了夜晚都在不同的角落呈现出不同的模样，它们又互相混杂着，繁华里有黑暗，黑暗里又有繁华。

　　川流不息的柏油路上，雨水淅淅沥沥地滴落在地上，这样的细雨发不出想象中的哗哗声，人们都是透过窗户玻璃辨认着黑色路面上映着灯红酒绿的涟漪，才知道外面下雨了。

　　公交车站摩肩接踵，雨来得很急，路上的行人大跑到公交站台下避雨，同时等待着乘车离开。他们看着零星几个男女打车离开，眼神里露出鄙夷，似乎在嘲讽乘坐出租车的铺张浪费，但或许他们更多的是出于消费能力不同而产生的嫉妒心理。

　　一个人挤在他们中间，穿着一身运动服，旧的起了毛边，鸭舌帽遮住了他半张脸，这样装扮的人在这座城市里多如海潮。他却始终和周围的人保持着一种肉眼不可见的距离。或许他努力着想要和其他人看起来没有什么两样，但他自己心里很清楚自己是不同的。他是刚刚从公交车走下去的，撑起一把黑色的大伞，走进夜雨之中。

距离公交站不远的这条街道，是一片红灯区。大大小小的量贩式 KTV，闪烁着彩色灯光。

他在一个个门前徘徊，最后在最豪华的那个门前停下来，门外停着很多轿车，雨滴打在车顶上，发出啪嗒啪嗒的声音。他思索了一会，调整了一下自己的脚步，本来坚实的步伐顿时虚浮起来。

走进 KTV，门口的男服务生很快迎了上来，他们的脸上挂着公式化的笑容，里面还夹杂着一丝戏谑。长时间的重复，将人心中真诚的友善扭曲为形式，甚至叛逆起来。

"哥，唱歌嘛？"男服务生用近乎谄媚的语气打着招呼。

他没有听见，戴着耳机，在听音乐。《S.O.SD'cunterrienendetresse》，一个忧伤者的求救，迪玛希横跨四个音域，雌雄难辨，如梦如幻的声音缭绕在他耳畔，把他带到只有自己的世界里面去。他极尽各种努力隔绝自己于尘世，各种方式的表达都能做到这一点。

感觉到有人出现在前面，他抬起头，脸上有一道难看的伤疤，贯穿了眼角和鼻翼。不寻常的事物总是能在人如同死水般的心中激起波澜，见多识广的服务生在一瞬间的好奇之后淡漠下来。

"先生，唱歌？"服务生不经意间换了称呼和语气。

他听不见服务生在说什么，但他明白了对方的意思，有些干涩的声音从他嘴里发出来："我找人。"声音听上去有些沙哑，却带着一种命令式的果决。

"308。"不等服务员再发问，他又补充道。

男服务生说了一句跟我来边向前面走去，他亦步亦趋地跟了上去，脚步看起来很沉重，偏偏又走得不慢。边走着，他摘下了耳机放进上衣口袋，脸上露出了些不耐烦的神色。

他推开包间的门，房间里刺耳的嘈杂声瞬间倾斜，那一刻仿佛有无数狞笑着的小鬼被释放出来。

一个身材高大的中年男人站在包房中央，手持话筒嗷嗷号叫着。茶几和地上放着足足十几个啤酒瓶子，有的竖立，有的斜着，有的倒了。

男人身边还有个女人，厚厚的艳妆让人判断不出年龄来，她也拿着话筒，却只是小声地跟唱着，竟隐隐给人一种唱得不错的感觉。衣着略显暴露，带着一丝土气，拿着话筒的手上还带着文身。屋子里明明很冷，她的大腿在发抖，可却尽力装得自然。

刀疤脸径直走进去，在机器上按下了暂停，嘈杂声戛然而止。中年人刚要发作，刀疤脸已经坐在了沙发上，从上衣口袋里掏出一个长方形的帆布口袋，扔在了茶几上。上面绣着一个很奇怪的图案，那是一个十字架，两侧生出魔鬼的翅膀。

中年人面色不再那么轻松，额角甚至渗出冷汗。刀疤脸一直盯着他，带着疤痕的眼角显得愈发狰狞。中年人沉吟了好一会，终究还是没有说什么。那个女人偷偷打量着刀疤脸，又看着中年男人，心里暗自揣度着发生了什么。难道是来收贷款的？

中年男人也是一言不发，走到茶几跟前拿起皮包，从里面掏出了一张银行卡，放在了茶几上。他的动作很慢，让人觉得很不情愿一样。

中年男人看着刀疤脸，两个人的目光相对，刀疤脸朝着中年男人努了努嘴，下巴指向自己的帆布口袋。

中年男人的嘴角露出无奈的微笑，拾起口袋，把银行卡扔了进去，扎好口袋，递向刀疤脸。刀疤脸接过帆布口袋，揣进上衣里，起身准备离开。

"你不看看数额吗？"中年男人冒出这么一句来。

刀疤脸没有理他，把耳机戴上，走出了房间。

"这人干什么的？"女人小声问。

"收贷款的，之前借了点钱，没事。"男人好像并不当回事，刚刚的诡异气氛仿佛突然一扫而光了，他伸手搂过女人的肩膀，另一只手拿起话筒。他对着话筒"喂"了一声，才意识到刚刚被强制暂停了。女人很会来事的跑了过去，把音乐点开。

刀疤脸即将走到走廊尽头，身后的某个房间又传出了嚎叫声，他隔着耳机依旧能听见。

他走在雨中，现在这个时候人和车都已经渐渐变少了，他回头望了一眼刚刚所在的那片红灯区，里面的人在一个又一个四季的轮回中，逃避着一无所获的无奈，麻木的血肉下面，不知道藏着的都是些什么。

他消失在路边一个公共厕所门前。

公厕里，弥漫着排泄物的骚臭气味，墙角还有一摊醉鬼留下的呕吐物。他摘下帽子，脱下外衣，卷裹成一团扔进便池，露出里面的浅蓝色卫衣和牛仔裤。

最后，他在脸上扣动着，那道伤疤的一边翘起个角来。一扯，整道疤痕从脸上脱离，就好像蜕皮一般。

他一边走出公厕，一边从裤兜里取出手机，手机屏幕上反射出一张年轻的面孔。从帆布口袋里掏出银行卡，他打开手机里的网上银行，对着卡输入账号。

随着提示音的响起，他脸上扯出一个笑容，接下来几个月的吃穿用度有了着落。

其实对于他来说，这样的每一笔钱，都是一条条命……

他，是个杀手。

目　录

第一章

1

黑漆的夜色震颤着，被丝丝的寒气缭绕，血液一滴滴沿着这栋房子的棚顶滴落，凝结成线。阴森的月色透过满是灰尘的窗，并不明朗地匍匐在破旧的地板上。

这是一座老式的建筑，始建于20世纪40年代初，二战期间曾经遭到过日本侵略者的炮击，五十年代曾经翻修，直到九十年代，这里彻底废弃了。

屋顶上，杀手闪耀着流光的眼睛凝视着脚前这具尸体，这个人的咽喉被匕首纵向撕裂，鲜血还在不断地涌出。他是杀手的目标，不，应该已经算是上一个目标了，如果你仔细看这个人的容貌，和正常人没有什么两样，然而就是完成让他由活人变成死尸的过程，就填饱了这个杀手几年的肚子。唯一区别他和其他人的，可能就是他身价上百亿的企业老总身份吧？而就是这个与众不同之处，让他丢掉了性命。他的竞争对手，肯出六百万买他的人头，于是杀手来了。无数人都在狂热地追求着奢侈的生活，却没有谁闻到这背后缭绕的丝丝血腥气味，又或许是闻到了，却仍然被欲望拖拽着向前攀爬。

为了有充足的时间清除自己的痕迹，杀手选择了把目标带离住处下手。

"又杀人了。"年轻人轻轻叹了一口气，每一次他都会产生这种无奈的情绪。但是他清楚地记得师父告诉自己的话："作为一个杀手，如果不杀人，只能面对两种结果，要么饿死，要么被别人杀死。"这就是杀手的命运！

没有时间继续为死者慨叹了，更何况他又是死有余辜。每一次他都这样安慰自己，自己刚刚杀的人，就应该死！他不再犹豫，把手中的夜鹰 650 格斗刀放在死者的衣服上擦了几下，拭去了刀刃上的血迹，放回了腰间的刀鞘。然后他还原了一下现场，这在任务中从来都是最重要的一个环节。多少次的经验告诉他，等着雇主帮忙善后，只会给自己留下数不尽的后患，那是只有末流杀手才会干的事情。

收拾好现场，下一步就是清理撤退路线，这和还原现场是一体的，重要性应该摆在一个高度上。杀手收起飞爪，拾起了被飞爪击碎的水泥块，放进口袋里，然后纵身一跃跳下了两层的房屋。

沿着来时的路撤回，杀手又从刚刚被自己杀死的保镖身上摘下了飞刀，别回腰际。他们方才竟然尾随着追了上来，于是他回手两支飞刀击穿了他们的喉咙。

一路收拾现场，杀手竟然回到了目标的家里，警察们早已经包围了他的别墅，别墅区的安保人员正在陈述情况。他不慌不忙地潜至跟前，找到了之前被自己射杀的两个保镖，很好，他们身上的短箭还没有被发现，杀手分别从他们的头和胸口上拔出了短箭，撤离了别墅。

在最近一栋房子的屋顶，他找到了自己的巴顿复合狙击弩。这款价值足有一万美元的武器经过了改造，狙击镜被换成了具备夜视功能的，本来仿生迷彩色的弩体被重新喷刷了黑灰褐三色的城市迷彩，最强悍的在于，制动装置和上弦，置箭处经过改装以后，可以连续射击四箭。拿上了它，他以最快的速度开着一辆铁灰色的切诺基离开了现场。自始至终，杀手都好像从来没在这里出现过。

整个过程，他都无比镇定谨慎，有条不紊地进行着。常人麻木于生活，会在血与火中感受到刺激；杀手麻木于杀戮，对现实生活却充满畏惧。

2

杀手，男，1996 年生，姓名，东影尘……

在他还不是一个杀手的时候，生活还那么平静。"过去我向往不平凡，真正远离平凡却又开始怀念它。"东影尘常常说这句话。

在他小的时候，内心里有过很多英雄，孙悟空、哪吒、李云龙、燕双鹰等等各种小说影视中的人物，这些人物各不相同却都同样充满了英雄主义气息，他曾经幻想过成为他们。他甚至在无数次遐想中假设自己的家庭遭遇变故，自己陷入争战。但时至今日真正成了类似的人物，他却发现这种幻想是可笑的，它只是幻想而已，真正的理想要去最平淡的现实中寻找。

东影尘曾经是这座城市里重点高中高二的学生，那时他的眼神还不像现在这样，布满了沧桑，孤独，冷血和狡诈；过去他那么活泼，聪明，幽默又带着浅浅的卑微和敏感。

看着眼前的照片，苦涩的液体渐渐从他的眼角渗了下来，很久以前，他就已经失去了号啕大哭的能力。

记忆一下跳转到了两年之前，那个雪夜，仿佛一切都失去了颜色。

事情发生的前两天，家里来了客人，杀手永远也忘不了那天，那个时候，他还叫东影尘。而现在，他唯一的身份是杀手。从东影尘到杀手，他忘记了几乎过去的一切，所剩无几的回忆里，最刻骨铭心的，就是那个人。

当时母亲正在给他读书，即便他已经上高中了，母亲仍然会在他生病时给他读一些东西。儿时是安徒生童话，到了年少，一些伟人自传，诗歌，散文成了主要内容。年少的孤独敏感，不仅仅是天性人格，更是这些文学艺术作品的熏陶。

当然没有异禀性格的多数男儿，或许更觉得这些或婉转或深沉的字句都只是矫揉造作。每个成长为人的人，都必须由天赋和培育共同施加影响，缺一不可。

"谁曾在阴沉微雨的早晨，独自飘浮在岩石下面的一个小船上的，就会感到宇宙的静默凄黯的美。"这是冰心的散文《海上》。东影尘常常和母亲背诵这一段，他们都喜欢它。

这是一个玲珑剔透的少女对于生命、自然与爱的深切的思索。老人的形象象征了人类生命的"残缺"，老人脸上的泪水象征了人类在遭受了自然与社会的打击之后的无奈与伤痛。

"人要是回到永久的家里去的时候，父亲就不能找他回来吗？"

生与死，痛苦与超越，冰心借着一个稚嫩的少女的眼睛洞视着对生命意义无尽的追寻。

那天晚上，东影尘的嘴里说的也是这句话，尽管那时他刚刚开始理解什么是静默凄黯的美。

或许，这句话恰好预示着，人终究是要寻找美的，却可能拥有凄黯的生命……

他正躺在床上，体温仍旧没有恢复正常。

他望着母亲，步入中年的她发色已掺斑白，母亲的脸上表情复杂，或许是因为自己病了，她的面色因为担忧抑或是心疼而显露出凝重；嘴角却保留着浅浅的弧度，尽是温情；那双明亮的眼睛闪烁着纯粹的光芒，眼角却微微低垂，这昭示了母亲历经岁月磨洗却仍未逝去对芳华的希冀。东影尘的头脑在高烧中昏昏沉沉，他无法言明具体的感受，却实实在地于母亲身上感受到了慈爱，这缓解了疾病将他囚禁在床榻上，夺其自由的痛苦。他张嘴喊了声"妈妈"，里面含着恐慌和依赖。随着年龄的增长，或许是源于"我已经长大了"的自尊心，这种呼喊在少年的口中已经很少听见，但在最无助的时刻还是会情不自禁地流露出来。

他记得初三的时候，母亲中午到教室里给自己送饭，自己还如同往常那般打开保温饭盒狼吞虎咽，刚刚发下来的物理考卷已经被母亲拿了起来，分数很低。当时自己吃饭的速度瞬间缓慢下来，眼神偷偷扫着，母亲的眉头一点点锁起来。母亲面向自己时，露出了笑容，她的表情里带着责备，却没有释放出来。

和同样在教室的班主任聊着天，母亲听着班主任讲自己的孩子每天偷偷跑出去打球，说着班主任甚至模仿起自己溜出教室的动作，引人发笑。母亲没有提起物理成绩的事，反而和老师委婉辩解着，认为孩子出去跑着玩没什么不好的。

他当时没有刻意想过这些，只是模糊地知道妈妈和自己是一伙的。他时常会在生病时想起许多过去的事情，又在记忆中加入了全新的判断。身体被限制了自由，思维便自然有机会向远处飞去。

有声音打断了他的思绪。

门，被敲响了。

并不是父亲下班的时间，母亲还是很谨慎的。她通过门口的猫眼看向外面，那是一个陌生的面孔，当然，在那之后，东影尘对于那个面孔再也不陌生了。

当时他唯一怨恨的是客人的突然到访把母亲带离了身边。生活中总有些让我们平常对待的事情，却让我们的生活不再平常。

"请问您找谁？"

"东虹城在家么？我是他的朋友，有急事找他谈。"他找的是东影尘的父亲。陌生人口中说有急事，声音却那么淡漠，甚至，还或多或少地透着阴冷。

"他还没有下班，要不您先进来等着？"母亲礼貌地开门，把客人迎了进来。这是一个身材瘦高的男人，清秀的脸有些没有血色，眼角有一道翻开的黑色疤痕，显得有些狰狞。细长的双眼，让人莫名地感受到些许凉意。

他们坐在客厅里，东影尘的母亲很奇怪，家里也曾来过很多丈夫的同事谈事情，可这个人和他们都不同，他的眼神里有一种常人没有的东西，血色的。她想和这个人聊聊，可是这个男人并不回应，他只是带着笑意，从上衣口袋里取出一根烟点上。烟雾升腾起来，扩散至卧室，东影尘不由得咳嗽了几声。

母亲开始不满于客人的随便，但出于对陌生人的礼貌和胆怯她压下了这种怒意。东影尘回忆起和母亲在出租车上，母亲让司机掐掉烟的事情，母亲的态度并不好，东影尘感受到了，因此也明白那个司机同样感受到了，他能从后视镜里看见司机脸上的不快。此刻，类似的事情发生，东影尘开始担忧于母亲会不会说话惹恼了这个突然造访的陌生人。母亲终究还是没有作声，但客人似乎察觉到了自己的行为欠妥，主动掐掉了烟，小心的扔进烟灰缸。

东影尘在床上，看不见客厅的样子，但他慢慢感受到了烟味散去，母亲也没有说话，于是他放松下来。这样对人心细微的体察，他从未刻意为之，如呼吸般自然，其效果却往往似巨石般沉重。

就这样客厅里陷入了沉默。东影尘躺在床上，高烧刚刚退去，他的身体仍然十分虚弱，不再关心客厅里的事情，他闭上眼睛，开始了小憩。他想着自己还要多久才能上学，看见某个暗恋的女孩。某些无忧无虑的年少的时代，都是在我们双眼一张一合之间悄无声息地掠过。

终于，钥匙打开门的声音打破了这种平静。

东虹城，回来了。

"虹城，这个人说是你的朋友，找你有急事，在咱们家等你挺长时间了。"东虹城听妻子这样说着，上下审视着这个男人。他用平日里带着微微笑意的表情面对着这个人，眼神却渐渐开始聚焦在这个男人的脸上。妻子看着他，觉得有些陌生，他平常的眼神非常散漫，没有任何侵略性。

"你进屋看看孩子吧，我和同事说点事。"东虹城把妻子赶进了房间里。女人关上房门的最后一刹那，扭头看了一眼丈夫，她觉得丈夫似乎并不认识这个人，却仍然在自己面前装作是认识的，她一时不解，心生担忧。

房间门关上的一刹那，东虹城整个人的气息都在瞬间改变了，一种可怕的威压袭向这个男人。

可是那个人还是那么淡漠，他说，那个东西，在你的手上，对么……

没有人知道那个晚上在客厅里，东虹城和陌生客人都说了些什么。东影尘只记得，那天晚饭上，父亲仍对自己笑着，说着自己每次感冒都会说的那些心疼的话，但他的动作却不似往常了。平常爸爸会把左脚踩在另一把凳子下面，需要自己抽出来；他吃饭总是很大口很快，好像有人和他抢一样。而那时，父亲坐得很端正，近乎细嚼慢咽，夹菜的动作很缓。

东影尘现在回忆起来，心底里觉得，那一丝异常，便已经预言了后面的惨痛。

他的记忆重新跳转过去，来到了那个雪夜。

3

放学已经是晚上，天彻底黑了下来，风中摇曳着雪花，模糊了路边的灯光。东影尘缓步走在路上，大病刚过的他这周来上学了。现在他才明白，为什么自己那天早上出门的时候，父亲眼中的恐惧更加浓重。

黑色的夜空，白色的风雪，只有黑白两种颜色，交织成一面阴沉的幕布，像是要为即将绘上的血色做准备。

一辆铁灰色的兰博基尼伴着轮胎倾轧雪地发出的吱呀声音，猛地停靠在路边。东影尘认得这车，脸上流露出惊讶，他从没有在学校门口看见过如此豪华的汽车。这只见于各种影视作品当中，离自己的生活十分遥远。但，人生时而如戏……

车门开了，上面下来一个瘦高的男人，眼角有一道刀疤。他的身上套着一身修剪过的 ACU 迷彩作战服，背后缀着一个长条形状的袋子，和奢华炫目的豪车相互衬托，显得格格不入。那个时候东影尘还不知道，这种袋子里只会放一种东西，那就是武器。

"小伙子，和我走一趟吧。"东影尘不认识这个男人，只觉得心里泛起丝丝凉意。

这个时候，一只手搭在了他的肩膀上，"回家去。"说着，东影尘被这只有力的手拨到了一边。

这个声音既熟悉又陌生。东影尘清楚这是父亲的声音，可是他第一次听见他这样的口气。平日里那种散漫，和蔼不复存在了，

全是犀利和强势。父亲从未如今天这般过，日常父亲教导自己做人的准则，诸如"吃亏是福"，"退一步海阔天空"等等，东影尘儿时时常还会不屑于父亲的谨小慎微，他以为那是懦弱。但现在的父亲完全变化了，不再是东影尘认识的那个爸爸，他身上散发着战斗的气息，仿佛血液都燃烧起来。东影尘如今想起那种突如其来的反差，便会明白，或许所有

的孩子都不似父母了解自己那样了解父母。

东影尘一点点向后退去，"直接找我好了……"他听见父亲这样说。漆黑的夜色里他清楚地看到，那个男人从背后的袋子里抽出了一把乌黑的长刀，形状好像古斯巴达那种斩马刀，足足有一米多长。而令他惊讶的是，自己的父亲也不知从哪里闪出一柄刀来。那是一柄修长的日本刀，比肋差长却比太刀要短，没有刀谭。

东虹城把这柄刀自那布满金属纹饰的精致皮鞘里抽了出来，森然的杀气倾泻出来，胜过腊月寒冬。刀表面在路灯的掩映下显出花纹，就好像水银在流动。最显眼的是，刀身上，有一片骷髅的图案！

那个男人看清了它，"就是它么？原来你带在身上……"他的话音未落，东虹城已经率先发动了攻击。东影尘不曾知道，人，还可以跳得这么高。

刀光劈开了雪，劈开了风，劈向那个男人的头顶。"呼"，金属撞击的声音猛然间响起。东虹城的虎口一时发麻，这么冷的夜晚，他的额头却淌下汗水，是冷汗。他很清楚刚刚的那一刀，自己是尽了全力的，可是对方接住它，居然如此轻描淡写。

男人的嘴角露出嘲笑，低头看自己的刀刃，上面出现了一个巨大的缺口。他确定了，东虹城手里的这柄刀，是真的。

他邪魅地笑了，身形一闪，消失在东虹城眼前。东虹城心立即转身，刀随之挥出。男人果然出现在他的身后，可是他还是慢了。

东影尘那时已经陷入了呆滞，他突然发现，自己和父亲，原来不在一个世界。

"爸！"东影尘叫出来！男人手中的刀避过了刚刚那记格挡，刺穿了东虹城的胸口，刀尖自东虹城的后背透出来，血水流淌在刀刃上，喷薄着热气，落在地上融化了雪。血和雪溶在一起，宣判着生命的飞速流逝。

各自只挥出一刀，胜负便分晓了。

天旋地转中东影尘听见自己的父亲发出长吼："儿子！快跑！"

东虹城突然爆发出了最后的力量，一只手锁住了对方执刀的手，男人想把刀拔出来，可竟没能挣脱。

东影尘仍然望着父亲，他因为恐惧呆滞在那里，全身的力气都散掉了。后来他才知道，那次分别有另一个名字，叫作死亡。死亡，就是再也无法看见。

"快跑啊！"东虹城发出最后一声长吼，他的生命终于流尽了，可是手仍然僵硬着，像一把铁锁。

东影尘终于从神游中回归，把脚从地上拔起来，冲出围观的人群。

男人用另一只手掰开了，夜里可以清晰地听见骨骼碎裂的声音，震颤着空气。男人终于拔出了刀。

男人不在意那些旁观的民众发出的尖叫，他们中的一些跑掉了，还有一些在报警，他都没有在意。没有去追东影尘，男人俯下身拾起了那柄日本刀，这才是他想要的东西。

泪水在东影尘的脸上肆意流淌，寒风打在他的脸上，针扎一样疼痛。他奋力奔跑着，不敢回头，他只能任由恐惧驱赶他逃跑。因为回头，悲伤就会把他留在这里……

4

北方的秋天，是夏和冬的影子。同时具备夏的生机和冬的腐朽，我们的一生就好像秋天的最后一片叶子，祈祷生命的同时也走向死亡。

"哗！哗！"，一大一小两个人踩在满地的落叶上，中年男人试图扯住孩子，却追不上少年人蹦蹦跳跳的脚步。下午的公园人很少，更没有人避开山间的木头栈道跑到树丛间穿梭。男孩子非常瘦小，他朝着山下沿斜坡向下冲刺着，手臂在一棵棵细杨树松树间来回游荡，偶尔抓握时手掌被树枝刮破了皮，他也不怎么在意。

男人在后面看着，嘴角微微上扬，脸上被阳光打着，有幸福的弧度。同时也有些担心，他学着儿子的模样，向下追去。

山后羊肠小道的旁边，有一条河，水面飘动着落叶。父子俩一起走着，父亲走得很快，儿子努力跟着。

"爸爸你看，这是我的武器。"他扬起手里被磨的尖尖的木棒。父亲低头看着，有点不悦。

"小尘，你知道吗？人一拿起武器来就变得弱小了。"

"为啥阿？"

"要以德服人。"

男人说得没头没脑，孩子也听得云里雾里。大人不再说话，大踏步向前走着，小孩在后面一边追着，一边在心里琢磨着刚才的对话。

太阳快落山了，泛红的颜色打在枯黄的枝叶上，留下嶙峋的光影。

第二章

1

东影尘坐在电脑前，手里握着照片。照片很破旧了，它用画面见证了人生某个时刻，而它自己身上那些灰尘，污垢，也记录了生活整个过程——充满艰辛。

东影尘脸上布满泪水，似乎透过泪滴会放大回忆的细节，可以清楚看到他的眼睛布满血丝。他凌晨四点才回到住处，劳累和困倦不禁让他想要睡下，可出于某种期盼，他却仍然坐着，那些过去的幻影在脑子里不断闪现着。人们有时会克制自己满足肉体的欲望，转而用节省下来的时间去追求灵魂的满足。东影尘此刻就是如此，他宁可牺牲自己的睡眠，也要追忆逝去年华。或许在那回忆里面不仅仅有各种各样的情感和心绪，在这个过程当中他还觉察和掌握了某种思索的方式，他建立了某种超人的能力，类似于通过分析自己的过去而把握生命中一些普遍的东西。

这样的追忆时常以付出悲痛为代价。东影尘用上衣袖子拭去泪水，深深呼出了一口气，不知道为什么，他的胸口剧烈起伏着，心脏莫名地疼痛起来。有时疼痛并不来自于创伤疾病，而来自一种虚幻的内在的体验。

趴在地上做了三百多个俯卧撑，一个鲤鱼打挺站起身来，又喝掉了昨天剩下的半罐咖啡。重新坐回转椅的他，眼睛不由自主地闭上，记忆重新跳了回去。

2

那个夜里，他跌跌撞撞地朝家里跑去。路上他连续跌倒了好多次，身上沾满了化开的雪水和泥浆。推开门的一刹那，东影尘的心底里瞬间被恐惧填满了。窗帘上面沾满了血迹，是溅射上去的，如果是现在的东影尘，他一定会明白，这是喉管被利刃撕裂，鲜血以肉眼几乎不可看清的速度喷出来所达到的效果。

在客厅正中央，东影尘的膝盖一软，跪在了地上，他的面前，是母亲冰冷的尸体，血液已经干涸了。

母亲的面部因为受到惊吓而显得有些扭曲，东影尘的手抓在母亲的身上，把头靠在母亲的脸旁边，黏稠的血液浸透他的衣服。他的嘴里发出呜呜的叫声，凄厉又低沉。

"结果了你，我就可以好好去放松一下了。"东影尘的身后响起了声音，阴冷无比。卧室里走出了一个人，手里稳稳握着一柄匕首，上面淋漓的血液阻挡了反射的月光，但东影尘仍然感受到了锋刃上的死亡的光芒。

锋利的兵刃离他越来越近，东影尘扭过头，瞳孔急剧收缩。他想站起来逃跑，可是全身都没有任何力量。匕首就要刺中他的那一刻，一个黑影从那人的身后冒了出来，一条细细的金属线锁套在他的脖子上，上面布满了细小的锯齿。他完全无法承受如此犀利的攻势，被对方轻易地背了过去，绞索交叉。他在不断地挣扎着，然而越挣扎，钢索就越深地陷进他的肉里去。

十字绞，东影尘现在已经可以熟练地使用这种绞杀方式，并且可以伪装成任何死亡方式了。在他的记忆中，那是他的师父，第一次向他展示什么是完美的杀戮。

那个人很快停止了反抗，生命在他身上迅速流逝直至消失不再。袭击者放下了尸体，露出了脸，灯光透过阳台窗子撒在他的脸上，说不出的诡异。东影尘的师父，这个彻底改变他生命的人，就以这样的方式，在这样的时候，出现在东影尘的生活里。

东影尘仍旧没有从对死亡的恐惧中走出来，他还不知道自己是不是已经安全了，当时这个袭击者对他来说，可以造成比那个人更强的威胁。

而接下来的一系列动作，那么连贯，那么准确，似乎在这之前已经排练了上千遍。

袭击者将尸体拖到了卧室的门口，从口袋里抽出一根细细的绳子，就那样把尸体悬挂在了门把手上。然后他从东影尘的书房里取来了笔记本电脑，以最快的速度进入了一个黄色网站，打开了一个三级片开始循环播放，男女人的呻吟声打破了住宅里的死寂。

窒息式自慰致死。

这种死亡方式算是比较奇葩的一种，至今东影尘也没有使用过，在那以后，这种伪造死亡的方式，他就只在电影《机械师》里见过。

袭击者十分彻底地清除了自己存在的所有痕迹。警察勘察过现场以后，尽管逻辑上怎么不可思议，也只能得出这样的结论，杀手杀人后，在这里窒息式自慰，结果过度缺氧死亡，他的体重让这根线勒进了肉里，因为这根线足够细。得出了这样的结论以后，警察不会再继续追究杀人动机这些东西，因为以最快的速度破案才是他们的目的而不是追查真凶。

做完了这些，袭击者凝视着东影尘的眼睛，只说了一句话："跟我走。"

命令的语气，不容置疑。现在回想起来，这句话好像是有魔力的，东影尘竟然站了起来。袭击者也没有看他，转身就向门口走去，而东影尘就那样跟在他身后。东影尘现在回想起来，他这样判断这种情况，一个人在刚刚逃离危险的时候，会在一定的时间段里放松自己绷得过紧的神经。

那时他听见那个人这样说："我是你父亲的朋友，我叫鬼鉴岚。"

很久以后，东影尘才知道：鬼鉴岚，这不是一个人的名字，而是一种称呼。这个称呼，代表了一种站在巅峰的东西。

3

QQ的提示音响了起来，把东影尘拉回了现实。

他看向电脑，好友申请栏里很少出现的一个东西引起了东影尘的注意，那是一个从未见过的头像 ------ 一个可爱的黑色小猫。还有一句话："'*^_^*'请求加为好友"。

犹豫了一下，东影尘不知道怎么回事，鼠标不由自主地点向了同意。孤独太久的人，会把每一丝来自他人的示好之意当作救命稻草，不假思索就紧紧抓住。

就在这一瞬间，消息栏里来了提示，这个 *^_^* 发过来一条消息："很高兴认识你，我叫林玦，你呢？"

"不知道。"

东影尘随便回了一句。他很迷惑，自己不认识这个人啊，她是从哪里找到自己的？至于名字？东影尘从那个晚上以后，就不再有名字这种东西了。还记得当时师父把他带到了安全的地方以后，很认真地对他说："以后你不再叫东影尘了，你可以换个身份或者不再有身份。"

"不知道？不想说就说不想说呗。"她很快就回复了，似乎她对东影尘这种态度并不在意。

东影尘觉得有些无奈，摇了摇头，也迅速回复："那就是不想说吧。"

"你多大啊？"这个女生问的更多了。

"18"东影尘说的确实是实话，也可以说偏差了一些，因为距离他的生日，还有两个多月，那是寒冷的腊月。"你呢？"东影尘也问她。

"17，我比你小啊！"

东影尘不知道回什么好了，没有人曾经这样主动地和他聊天。于是他回复了一个笑的表情。

"嘿嘿！"这个天真的女孩好像再一次理解错了东影尘的意思，东影尘给对方发这个表情，并不是用来表达情绪的，而是无话可说时出于礼貌，拿表情对语言的代替。

东影尘不再多说，直接调出了自动回复，就离开了电脑，他还有很多事情要做。就比如说，他现在需要把武器整理一下。林玦等了足有二十分钟，还是没有消息回复。"这个人怎么这样！"这个念头在她心里一闪而过，然而她还是发过去一个消息："还在吗？"

"我暂时不在，有事情可以留言。"上面显示的是自动回复，"竟然用自动回复。"她稍微有些生气了，人与人之间的交往，会随着信息化程度的加深而逐渐丢失面对面所必要的礼节。

实际上，她的 QQ 号是父亲用过的，父亲很少用 QQ，却很多次浏览这个空间，却还不是好友。她看到里面的说说，才把他加上的。"人生的无奈莫过于精神寄寓于肉体这一现实。"这是东影尘QQ空间里的话，她觉得非常有哲理，而像这样的语言在他的空间里还有不少。也正是因为这个，她才加上他。她觉得，这个人和她认识的大多数人都不一样。也许是出于一种好奇吧，又或者是因为她也和别人不一样。

另一边的东影尘并不知道她是怎么想的，事实上这句话是他的母亲说给他的，他一直在思考这句话。是不是可以在肉体完全消亡之前竭尽全力以一种理性的姿态获取精神的愉悦呢？人无从知晓灵魂脱离肉身后还能否自知，但或许，肉体灭亡后，即便精神不再属于这具肉体，也属于这个世界了。

此时，他的眼前摆满了武器，在一个被装上了车床的方形桌子上，一个不小的黑色帆布袋子旁边，有支蟒纹迷彩色的MK23手枪。这是德国生产的进攻型手枪，经过了东影尘的改装。迷彩是后涂上去的，准星和照门上增加了类似于GLOK17的氚光设置，更加方便在夜间瞄准，枪的套筒是定制的，贴合手形，更加符合人工学。

他以最快的速度把枪分解开，用毛巾擦了一遍又组了回去，这样的简单分解他仅仅需要不足五秒钟。他只有这一支枪，事实上，一个真正的杀手，并不像影视剧里面演的，有那么多的装备，恰恰相反，更多需要的，是各种冷兵器。他时刻牢记师父说过的话：真正强悍的杀手，是不用武器杀人的。

东影尘打开了那个帆布包，从里面把所有东西一股脑都倒了出来。

　　SOGS37-N 格斗刀，俗称"大海豹"，这把刀是定做的，刃部的假刃部分加长了一些，刃材换成了质量最高的 154CM 钢，全部手工打磨，还做了真空镀色处理。刀柄材质换成了压缩牛皮，并且贴合他的手型塑造，抓握更加舒服。

　　除此之外，还有组合棍刀、飞刀、袖箭、手刺、蝎子刀、双锋折刀、指虎，还有像迷你望远镜、战术灯、夜战手表、指北针、Zippo 火机、面具等一些小玩意。那把组合棍刀很奇特，刀柄也是刀鞘上面布满骷髅纹饰，呈现出古铜色的光芒，刀刃有 44 厘米，上面布满了像大马士革刀那样的花纹，刀形有些类似于日本刀，但是是直刃，而且更宽一些。

　　作为一个杀手，时常清洁自己的武器是对生命的保障。但对于东影尘自己来说，他并不需要如此频繁地拿出这些东西验看和擦拭。这也许可以解释为恋物癖，又或者可以解释为人的情感找不到寄托的对象，于是只能专注在没有生命的物体上，因为它们不会搭理你，却也不会不理你。只需要寄托情感于它们身上，不再需要人抱着期待等着它的回应。或许这便是人类对器物拥有权执着渴求的根源所在。

　　东影尘拿出刀油，开始擦拭这些兵器，渐渐他的思绪又飞出了他的躯壳，去往他和师父相识的那个晚上。

4

鬼鉴岚，这个东影尘至今不知姓名来历的男人，在东影尘最无助的时刻，教会了他什么是战斗。那个晚上，从家里走了出来，东影尘便一言不发，默默跟着鬼鉴岚。那一刻仿佛时间是凝固的，他的心里填满了悲戚和惊恐。对于东影尘来说，在以后所有的噩梦里，都有那个鲜血淋漓的夜晚。

身上说不出来的针扎一样的疼痛，东影尘在那短暂的时间里仿佛行尸走肉，直到一束刺目的灯光晃过他的眼睛，他才有了知觉，明白自己还是一个活生生的人。鬼鉴岚似乎从来都不会关心别人的情绪和细节，或者说，他也许很清楚但从来都不在意，至少在表面上。东影尘家破人亡的惨痛他似乎并不在意，他命令东影尘坐在椅子上，就发话了。

这是一个地下室，然而并没有脏乱和潮湿，恰恰相反，这个不足一百平方米的空间被装修布置得十分精致甚至于奢华。东影尘没有心情看这些，他从来没有体会过如此庞大而又绝望的孤独，它来源于失去，失去所拥有的一切。那不同于文艺青年日常的伤春悲秋，苦无知己。来自于自由的孤独没有鲜血，但东影尘现在所感受到的每一寸孤独都是鲜血铸就的。

这个时候，鬼鉴岚的声音响了起来："记住，你现在已经是一个死人了，东影尘死了！如果你不想继续被追杀，那就忘记东影尘吧。"

东影尘抬起头看鬼鉴岚那有些冷厉的面孔，下意识地点了点头。

接着他又听到鬼鉴岚这样说："从今天开始，你要跟着我，和我学习。"

"学什么？"东影尘再次抬起头，一脸茫然。

"你要和我学会如何保护自己。"

"哦。"东影尘点了点头表示听见了。

鬼鉴岚朝他丢去了一个鄙夷的眼神，他真的不明白，为什么东虹城那样的男人，会有一个如此卑微怯懦、弱不禁风的儿子。东影尘永远也忘不了那个眼神，它很明显地说着，你是一个弱者。鬼鉴岚那个时候还不明白，有些人强大的能量并不体现在身体之外，而是融化在内心之中的。

接下来的时间里，鬼鉴岚成了东影尘的师父，开始教给他各种技巧和能力，这些技巧和能力让一部分的他距离自己越来越远，又让另一部分的他距离自己越来越近……

5

当初究竟为什么会下定决心和鬼鉴岚学习，东影尘曾经反复回想过，或许在鬼鉴岚提出来这件事的时候，他内心之中一直存在的某种向往和憧憬被唤醒了，或许他是渴望借此远离本来的生活的。甚至其中还夹杂着某些低劣的品质，随心所欲的惰性。成为一个杀手，或许就可以远离学校，远离考试，远离那些社会强加在年轻人身上的东西。

东影尘看着眼前的这些武器，它们都是鬼鉴岚留下来的。

东影尘的命运似乎早就已经注定好了，他曾经在最短的时间里学会了使用这些东西。可能因为，他的父亲，是东虹城，那样一个男人。人的有些天赋会被开发，有的则不会。当然，没有被开发的天赋将随着时间慢慢消失，而被开发的天赋则会伴随生长渐渐固化。有些天赋，没有人知道它们是否应该被开发，因为它们带给人的，是我们无法预知的境遇。

东影尘擦完了最后一把刀子，把这些东西一股脑都塞回了那个包里。

最后，还要给弓弩上弦蜡，他从桌子下面拿出了那把狙击弩和一把复合弓。这张弓也是定制的，整个弓体是黑灰褐仿生迷彩色，具有超过百分之七十的省力比和九十磅的超强拉力以及惊人的400fbs箭速，32英寸的短轴距使其更加方便战斗，经过特殊稳定的滑轮组使复合弓可以不依赖撒放器直接手撒。昂贵的减震和瞄准系统让弓箭的精度达了一个匪夷所思的程度。他把弦蜡均匀地涂抹在弓弩的弦上，然后用牛皮在上面快速的摩擦，好让它融化，渗进弦里面。

东影尘是擅长用枪的，但他仍然偏爱弓箭。按照他的话说，自己用枪十秒钟可以杀死十几个人，用弓箭只能杀死或者射伤几个人。弓箭比起枪，更让人知道何为控制。

　　做完了这些，东影尘拿起那把大海豹格斗刀挂在了腰间，披上了一件黑色皮风衣，便走出了住处。

　　他要去寻找自己的下一个目标了。

　　电脑还在不停地响着，另一端，缭绕着一丝若有若无的落寞……

第三章

1

　　站在这个城市的最高建筑天都大厦的顶端，东影尘透过数百米高空里的阴霾，俯视着车水马龙，夕阳的余晖洒在满是冰雪的路面上，映衬着紫红色的光耀。天都城紧邻首都，面朝渤海，是最重要的港口城市之一，在这个繁华的大都市里，有善恶也有美丑。而现实的丑恶，恰恰给了东影尘这样的人生存的机会与空间。很奇怪的逻辑，东影尘这样满怀希望渴求的人，只能依赖现实的残酷继续存在着。

　　为了一种虚无缥缈实际上是为了满足虚荣心的荣誉，为了一些预知有限且不能满足精神需求的利益，一些人在疯狂地"拼搏"着。透支了几十年的风华与激情，摒弃了对事物的思考，失去了对自由的追求，究竟又能换来什么？当我们麻木的双脚踩着繁华街道沧桑的路面，酸楚的鼻翼嗅着现代都市混乱的气息，在日复一日，年复一年的过于规律性和模式化的疲惫中迷失，彷徨。回头观望自己的人生轨迹，如若失魂落魄，悔恨不已，是否还能从头开始？

东影尘惧怕临死前的那种落魄和悔恨，于是选择了和这个社会抗争。为了实现内心的渴求，他不得不行走在人类的边缘。

母亲曾经在散文里这样写道："大家都奋力长成个躯壳，还给这个躯壳穿上各式各样的衣服，最后这种成长似乎成了初衷。这些躯壳像一个个空洞的铁桶，碰在一起发出叮当的噪音。可这个躯壳无论如何成不了一个真正的生命。当生命之光即将熄灭，原本的那颗心会突然醒过来，面对这颗空荡荡的灵魂，好像从来没活过一回。不管怎样的不甘，已无机会再来过一回。生命尽头短暂时光里的怅然若失是生命里程里最残忍的惩罚。"

东影尘恍惚地理解着母亲这段文字的意思，每次回顾都出现不同层次的理解。人与人的思想之间必有鸿沟，文字成了传递思想的媒介。可这媒介在传递的过程中终究存在损耗，因此人与人之间的理解与交流也总有差错。

当我们回忆某个人时，一经回忆起某些细节，便不会仅仅回忆这些细节，那无尽的思绪会追随着不同的交集绵延至不同的角落。或许这是偶然的，又或许是跟从最能牵动我们情感的部分。

东影尘不由得转而想起母亲说过的另一句话："它是因为

有了魂魄，才变得孤独，还是因为孤独才有了魂魄？"

东影尘从这句话中看见了自己的选择。杀手无论在怎样的时代中都注定是远离世俗的群体。他是为了杀戮才选择流放自己；还是为了流放自己而选择杀戮……

正在沉思着，一个身影出现在楼梯口，那是一个年龄不小的老头，他走路的速度很慢，几乎没有什么声音。"这次又有什么任务？"东影尘头也没回，冷冷地问道。

老人手一抖，一张照片在空中旋转着，飞向东影尘的面门。猛然回头，东影尘双指夹住了这张照片，拿在眼前仔细端详，上面是一个瘦高的中年男人，很英俊，但脸上透露着一股阴鸷之色。他的眼角，有一道深色的疤痕……

东影尘本来放松的表情瞬间紧绷，眼神变得锐利起来。

他找了他太久了。

"这是什么人？"那个晚上以后，东影尘就再也没有见过这个人，他好像凭空出现的一样又瞬间消失了。追查了整整两年，连他的身份东影尘都不曾查到过。

苍蝇一直观察着东影尘的表情，他抓住了刚刚东影尘一瞬间的失态，可是并没有想出来这是为什么："你认识这人么？他是一个单干户杀手。出钱要他命的是联天集团董事长霍烽。你应该知道霍烽是什么人吧？这家伙曾经受雇于霍烽，而现在他不知道为什么被警方通缉了。他似乎掌握着有关霍烽的很重要的东西，现在想要拿出来向警方自首，希望通过这种手段立功以求减刑。"

"他为什么要那样做，他觉得自己一定会被警方抓住么？"东影尘知道，霍烽是天都城第一黑帮黑网的头目，实力甚至覆盖全国，如果自己是他，反而会向黑网寻求庇护。

"不知道，原因霍烽自己也不知道，可能这里深层次的东西就要你自己去挖掘了。"苍蝇说道。"怎么样？想好了吗？到底接不接这个任务？"

"接！"东影尘明白这是一个复仇的良机，就算没有酬金，他也不会放弃的。但他仍然装作犹豫了一下才下定决心的样子，因为他自己也意识到了自己方才的失态，只能尽量伪装去弥补。

人对自己的认识常常晚于他人，这可能是人感官体察多于内心领会的缘故。

"说说价钱吧。"东影尘尽管不在意酬金，却仍然要装作在意的样子。所有的伪装，都务必连贯至始终。

"一千万，这个数够大吧。"

"可以。不过，你作为中间人肯定拿了不少好处吧？所以你要免费给我提供几样东西。"作为中间人，苍蝇游走在各种人物和各类高级杀手之间，这些杀手大多都是有组织性的，当然，也有少数像东影尘这样的单干户。他借着牵线的机会，在雇主和杀手之间制造差价，着实发了一笔。而两方即使发现了，为了保持合作关系，也不会说什么。对于这一点，像东影尘这样的熟人，自然知道得很清楚。不过这一次，东影尘对于钱真的是并不在意，他这么说，不过是想借机索要一些好东西。

"你……唉！好吧！你都要些什么？每次你都这样敲我一笔！"苍蝇预感到东影尘又要狮子大开口了。

"不多，和我那把复合弓配套的附带测距的光学瞄准镜和全息瞄准器各一套，颜色要黑灰褐三色城市仿生迷彩的。怎么样？我相信你能做到。还有你给我的那把 MK23 手枪我要一把相同的，除了这些，再给我做出来一批弓弩箭，要强度最高的合金箭杆和各种功能的箭头。"

"你这个小混蛋！好吧！三天后到我那里去取。走了！"

"再见！"东影尘一脸得意的笑容。

"最好不要再见，但愿这次你能死掉……"说着，苍蝇消失在楼梯口。

望着他消失的方向，东影尘的脸色渐渐阴沉下来，若有所思。仇人突然间以这样的方式出现在视野当中，东影尘不相信偶然的概率，所有事情都有其必然的联系。偶然性，只是超出人认识的必然性罢了，区别偶然和必然的，不是它们的本质区别，而是时空的差异。

那么这次偶然，又会给自己的生活掀起怎样的风云变幻……

2

联天大厦的顶层巨大办公室里，一个人坐在转椅上，身子转了过去只能看见背影，桌子上的电话开着免提："他同意了？"

"是的大哥，我们的计划可以进行下去了。"电话另一端是一个女人，声音听上去有些冰冷："为什么不直接把这件事交给我，还要费力气去雇杀手？"

"记住，这种事能交给别人尽量不要自己做。"

"是！我明白了！"女人的语气显得十分恭敬。

"呵呵，我挂了。"随后，安静的房间里只剩下电话挂断后的声音……

城市中心的夜晚呈现出了与白天完全不同的景象，除了路灯昏暗的光亮，就只剩下透过阴云的残残几缕月光。萧索的街道上，偶尔有一辆车驶过，就像找不到方向，横冲直撞的野兽。

经过了白天为了生存而挣扎的苦楚，到了寂静的夜晚，人们迷乱的灵魂，又该在何处安放……

3

雪开始纷纷扬扬地洒落，天都城的清晨充斥着灰色的基调，树干上涂满了的石灰粉恰恰迎合了这种氛围。不要以为雪后银装素裹，实际上，人们眼中最经常见到的，是被冬季供暖和汽车尾气排除的烟尘熏得失去光泽的雪堆。马路上的积雪被车辆跑开，偶尔会有汽油淌在地上，画面并不唯美而是稍显脏乱。

东影尘把车停在了路边，向胡同里走去，他是来苍蝇这里取货的。突然，从拐角里跑出来一个女孩，看上去只有十七八岁的样子，修长而柔顺的黑发在风雪中飘舞。她跑得很急，正好撞到了东影尘身上。两个人同时后退了一步，东影尘瞥了她一眼，心中猛然产生了惊艳的感觉，尤其是那双流光闪烁的眼睛，惹得他多看了几眼。

男人对女人的欣赏常常是这样。很多时候你久久地观察着一张漂亮的面孔，或许会瞧出种种瑕疵；但有时突然看见一副并不精致的脸庞，反而会产生惊艳之感。这足以说明，男人对女人所谓美的欣赏，并不真的在于容貌而在于感觉。当然出于兽性的占有是排除在外的，那是人作为动物的本能，应该排除在情爱之外。

觉得他在盯着自己看，女孩脸有些发红，错过东影尘，继续向前跑去。她刚跑过去没有十秒钟，拐弯处出现两个彪形大汉追了上来。怪不得跑得那么急，原来是有人在追赶。这样想着，不知道为什么，东影尘很想跟上去看看。想了想，可能是出于英雄救美的驱使，他不再犹豫，也朝那个方向赶了上去。这个时候奴役他的不仅仅有好奇心，更多的是对实现英雄幻梦的渴望。

那个女孩被逼在了一处死胡同里，"小妞跑得还挺快的，快跟我们走吧！"其中一个男人狞笑着说。说着，他的一只手已经捉住了女孩的胳膊。

"放开她！"他的身后响起了一个声音，这个声音很平淡，但透着丝丝阴冷之气。壮汉看着眼前的女孩不知道看见了什么，眼神里有惊恐，也有喜色，于是扭头向后看去。他的瞳孔急剧收缩，自己的同伴已经趴在了地上，他受了致命的两刀，一刀从背部斜四十五度角插进了心脏，又搅动了一下，另一刀直接从后脑把他的头部钉穿了。

看着眼前这具尸体，感受着来自于对手身上的威压，他抓着女孩胳膊的手禁不住颤抖，竟然禁不住滑了下去。然而他也不是草包，思维仅仅停滞了几秒钟，就立刻回手勒住了女孩的脖子，而右手从怀中掏出一把黑星手枪来，抵在了女孩的头上，"别动！否则我开枪了！"他嘶吼道。

东影尘心里一紧，黑星是民间的俗称，真正的名字是五四式手枪，7.62毫米口径的子弹能把人的脑袋打得粉碎。不过迅速冷静下来，他不那么紧张了，因为对方的手正在颤抖着。"你好像很害怕啊？"听着东影尘轻松的语气，他反倒更加紧张了。"你不是要开枪吗？开啊！她死了你也跑不了！"继续施压，东影尘向他一步一步逼去。

实际上东影尘也不敢继续再说什么，一般情况下，歹徒一旦劫持人质，就已经是被逼入了绝地，如果有人一直在语言上给他施加精神压力，搞不好歹徒会精神崩溃给人质真的来上一枪。大脑飞速运转着，东影尘在想解救这个女孩的办法，实际上这件事和他没有什么关系，他本来不应该多管闲事，对于杀手来说，插手与自己无关的事情，是大忌。但此刻，不知道为什么，一种隐隐的感觉告诉他，这个女孩和他目前的任务存在着某种联系。

仔细观察着，东影尘突然发现，对方手里的枪竟然没有打开保险！这个三流货色！东影尘不再紧张了，继续踱步向前走去。

"不要过来！我真的开枪了！"对方及近崩溃。

"你的台词太老了！纳命吧！"话音刚毕，东影尘手中的格斗刀就脱手了。刀呼啸着，击中了他的头顶，这个三流杀手，再也没有机会扣响那把没有打开保险的手枪。

鲜血和脑浆飞溅，女孩一声尖叫，蹲在了地上，这人的尸体就倒在她的旁边。东影尘朝他走过去，打算拉她起来，突然，他的眼皮一抖，危机感闪现，他猛地抱住那个女孩，向一旁的墙角里滚去。"嗯。"东影尘哼了一声，自己的肩膀已经被血浸透了，由于多了一个人，他没有完全躲开这颗本该打中他眉心的子弹。

不是反器材大威力狙击步枪，因为伤口没有那么大。没有想象中的清脆的枪声，对方应该加装了消音器，从刚才的狙击镜反光看，狙击手在至少五百米外的至高点上。这样的距离和天气条件下，加装了消音器还能完成如此精准的射击，对方可以称得上是王牌狙击手。

女孩已经被接连不断的变化吓坏了，缩在墙角里颤抖。东影尘此刻心里也全是迷惑，这个女孩到底是什么人，竟然会引出这样的高手追杀。他看了一眼女孩，美丽的面孔此刻全是惊恐之色，"你待在这里不要动，知道了吗？"东影尘说道。女孩没有回答，木然地点了点头。安顿好她，东影尘一个翻滚跃出了墙角，子弹没有击中他，砸在了地面上，溅起了石粒和尘土。这个狙击手心里也一惊，这个家伙的速度太快了，自己根本就捕捉不到目标，他连续开出了三枪，都被东影尘避开了。他已经看了出来，自己的敌人是一个名副其实的高手，不断地变换着假动作，无论是突闪奔跑，还是寻找潜伏点，每一个动作的完成都控制在零点七秒以内，选择的位置角度更是十分刁钻，根本无法打中他。他几乎可以断定，东影尘的手中如果有一把射程不近的枪，自己已经被杀死了。

他低下头，对着下巴旁边的对讲设备喊道："你们可以行动了！"他的话音刚落，东影尘不远处胡同外的一辆车上就跳下了三个穿着黑色作战服，头上套着面罩的男人，他们手里都拿着加装了消音器的 MK23 手枪，这种精致的德国货在大陆是很少见的，东影尘那把手枪要相当高的价钱。他们距离东影尘不足十米的时候，一齐开火，随着"噗噗"的声音，东影尘躲在一处墙角里面，不敢露头。东影尘把外衣脱了下来，向外猛地一抛，顿时，三把手枪的火力都集中在了衣服上面，趁着这个机会，东影尘的手里闪出了飞刀。

而此刻，那个狙击手瞄准镜里的十字，已经锁定了他的眉心……

第四章

1

这个狙击手已经准备扣动扳机了，目前风速已经比刚刚低了很多，目标清晰程度也很高，处于死角，没有运动方向，这是绝佳的射击机会。

然而就在他要扣动扳机的一刹那，异变陡生，一只有力的手从他背后伸出来，用力扣住了他的头，他想叫出来，却怎么也发不出声音。一把 FOX 掠夺者二号格斗刀置于他的颈前，对方像杀鸡一样，刀刃慢慢划过了他的整个颈动脉，他全身的血液以八十三点三毫升的速度向外飞溅，鲜血顺着刀刃滑动，凝结在刀的锯齿上，快速滴落并汇集成线。

杀他的人身材十分魁梧，身高接近一米八五，粗壮的手臂青筋暴露，脸庞却很稚嫩，或者说斯文，还戴着眼镜。然而在眼镜下面，透着残忍的凶光。他把刀放在嘴前，竟然伸出舌头舔了舔刀上的血迹，脸上露出满足的表情。对比起来，东影尘杀戮的瞬间表情都是无比淡然的，同样见惯了生死，冰冷了热血，却仍然展现出不同的表现。或许这说明了人与人之间性格和品质的差异。东影尘似乎仍然保留着过去的善意，而这个家伙曾经有过的某些劣根却被鲜血放大。一个人无论经历怎样的磨洗，依旧会保持他生来为何。

远处下面的胡同里，东影尘显然还不知道自己刚刚逃过了一劫，手中的飞刀疾出，正中一人的心脏。东影尘刚刚打算继续闪避，可当他突然看见那些人身后飞速而至的家伙，顿时放松下来，站在原地，笑着看向眼前。

手中持枪的敌人刚刚要朝他射击，一支长相古怪的飞刀便从后面刺穿了他的脖子，刀尖从他的喉结上面透了出来。这是一支类似于火影忍者里面鸣人用的那种飞刀，通体漆黑，细柄上缠着灰色的绳线，后面是一个可以套进手指的圆环。

那是一个身材瘦高的年轻人，面色清秀，看上去有些单薄，他的手中持着一柄长太刀，刀身上满是暗红血色的波浪式条纹，刀谭呈方形，并不是一体，而是由两条怪异的蛇交织而成，刀柄刀谭都是黑色。仔细看这个人的穿着也很怪异，竟然还穿着白色灰边的唐装，黑色的皮靴满是银色纹饰，头发留的很长。总有些人把自己未被现实抹去的英雄主义气息由内而外的表现于周身。

另一个人反应过来，回头准备开枪，年轻人手里的刀以一种诡异的弧度挥出，竟然将这个人从斜下方斩为两段。他用的，竟然是日本刀术中那些浪人经常使用的居合斩。

"苍蓝，你的刀法又变强了。"东影尘看着朝自己走过来的年轻人，赞赏道。其实东影尘能够看出这刀法之中的不如意，但充满善意和宽容的品格让他习惯于给予他人由衷的褒奖和祝愿。对于许多人来说，似乎认可他人和贬低自己是有相似之处的，他们没有一定的气度和胸怀。

"没有。"苍蓝边走边平淡地说道，但他出于羞愧脸上还是有些发红，嘴角露出略带苦涩却又不失暖意的微笑。"出刀的角度又斜了，本来要发出的逆风又变成了四不像。而且，你为什么不叫我们留下一个活口？"

"没有必要，他们是受人雇佣的同行。而且他们并不是来杀我的，他们是来杀她的，我想她知道的应该更多。"说着，东影尘下巴指向那个女孩。

听见东影尘的话，女孩抬起头来，脸上满是疑惑。

"哇！超美啊！"刚刚在楼顶杀死那个狙击手的少年不知道什么时候出现在胡同口，恰好看到了女孩露出的脸。少年的眼神中并没有雄性动物常有的荷尔蒙发作的激情，倒是玩笑的成分更多一些。或许是因为他在杀戮的欲望得到满足后激情未退，又或许是由于他觉察到了东影尘身上朝向女孩散发出的某种不寻常的气息。

东影尘从他身上察觉到调侃之意没有理会，转而问道："你杀一个人怎么需要这么久？"

"我猜陆群是又犯病了。"苍蓝白了少年一眼。

"切，说的好像你没病一样。"被称作陆群的少年瞪了他一眼。这样的反驳无疑表明了人类比较固定的特点，他们往往会在他人身上发掘和自己类似的缺陷以安慰自己。当然与之相反，多数人并不喜欢在他人身上看见和自己类似的长处。

"好了，都别闹了。"东影尘开始吩咐他们："苍蓝，你去苍蝇那里把我的东西取走。陆群，你负责把现场收拾干净。我会带她走。"说着东影尘看了那女孩一眼。

"为什么不是我带着她？"陆群哭丧着脸，他的眼神里却带着狡黠。东影尘白了他一眼，他咧了一下嘴嘴，走过去开始干活，苍蓝几步便消失在胡同口。

东影尘过去把那个女孩拉了起来，走到车前，打开副驾驶位的车门："上车。"女孩犹豫了一下，上车坐了下来。她已经过了会对刚刚救了自己的陌生人完全丧失警惕的阶段。

"你叫什么？"东影尘把车启动，扭头问她。

女孩还没有从恐惧中恢复过来，说话也有些结巴，但声音依旧甜美："我，我叫林玦……"

2

午后的阳光有些恬淡，透过纷纷扬扬的雪花洒在路面上。冬季里一天中最温暖的时间段，许多成对的男女都出现在街道上。虽然柏油路上因为雪水化开显得有些泥泞，但这依旧不能影响他们的情致。

晴天的雪，暂时掩埋了城市的繁华沧桑，慵懒的人行道人们不知道走过了多少遍，可心情却从不曾如此平静没有深浅起伏。圣诞节就要到了，虽然是外国人的节日，但在这个中西文化交融的时代，它也成了受许多年轻人欢迎的节日，许多店面现在就在门外挂着彩灯和饰品，花卉出售。

偶尔有微风抚起少女的发端，擦肩而过的小伙子就会将这浅浅一笑放在心底里回味很长一段时间。

"林玦。"听到这个名字，东影尘沉吟了一会儿，他在心底里问自己：世间真有这样的巧合么？

东影尘一直都明白一个道理，世界上没有巧合，一切你觉得是偶然的偶然，都只不过是未知的安排。不过东影尘太谨慎了，所以他不会告诉眼前这个女孩子他就是昨天 QQ 上那个无名氏。

"你要去哪？"东影尘问出这样一句话来。

林玦错愕了一下，低声回答说："回家。我家在二环路前进大街 307 号。"

"哦。"话音刚毕，东影尘就发动了汽车，安静的清晨里发动机响起嘶吼声。

切诺基开动了最大马力，飞驰在马路上，车轮倾轧粘连起积雪，又在快速的旋转中把它们抛撒出去，溅射出黑色的泥浆。

东影尘把车开得很快，林玦从来没有坐过这么猛的车，她真的很害怕，况且她还没有从刚才遭遇袭击的恐惧中恢复过来，但是她不敢说。犹豫了好久，她只说出了一句："刚才真的谢谢你了。"

"哦。"东影尘只是淡淡地哦了一声，他透过后视镜看见林玦的脸，刚刚经历的恐慌还未完全散去，脱离危险后突如其来的轻松感，在这之外还有一丝害怕。东影尘稍微想想就明白了原因，于是骤然降低车速。

林玦意识到车慢了下来，她惊讶于他居然知道自己的心思，同时心里的一丝怀疑也有些动摇了："你这是要送我回家么？"

"嗯。"似乎，东影尘的声音很平淡，但里面的安慰和关切却被对方捕捉到了。

"哦。"林玦不知为何有些不好意思了，她低下头，不知道该说什么，也不敢打破这种沉默。于是整个车里陷入一种默契的寂静。突然的寂静往往让人无所适从，如果说有一种状态下例外，那就是男女之间的暧昧。

车稳稳地停下，"到了。"

"我……"林玦要说什么，似乎又说不出口。

"怎么了？"东影尘朝她投去一个询问的目光。

"我不敢走……"林玦的头垂得很低。

"放心下车吧，你现在真的安全了。"刚刚那是一个一击必杀的死局，如果苍蓝和陆群不出现在那里，自己很有可能会挂在那里，在东影尘的判断里，对方短时间内已经没有能力再集合另一批人来这里下手了。

"哦。"林玦犹豫了一下，仍然用颤抖的手打开车门，朝小区门口走去。

东影尘目送她消失在自己的视线里，把自己扔在座椅上，脑子开始快速地运转。其实东影尘很清楚，女孩子在这种情况下说害怕，就是想让你送送她。可是东影尘没有，因为他不想和她产生更多的联系了。

然而东影尘还不知道，有时候，两根线出现交集，是命运的编织。

3

东影尘就那样坐在车里，想着刚刚发生的一切，突如其来得迅猛袭击，被追杀的美丽少女。唯有一点让东影尘怀疑，追杀一个手无缚鸡之力的女孩，需要同时派出这么多的高级杀手，甚至动用数量不少的枪械么？这是一个很大的疑点，但是东影尘却又暂时找不到合理的解释。如果说这场必杀的死局是为了绞杀自己，那么他们是怎么知道自己会恰巧经过那里并且对林玦施以援手呢？突然，一个想法在东影尘的脑海里闪过，他的身体禁不住颤了一下，似乎有一个人正在以充满狠毒的眼神盯着他看。

这种狠毒，这种危险不断迫近的感觉，让他又想起了两年前那个雪夜。

也许他现在最应该感谢的一个人，就是鬼鉴岚。

4

"瞧你那个怂样！"这就是鬼鉴岚第一次见到东影尘，对他尖酸刻薄的评价。不过现在想起来，他当时也确实很怂。他就那样蜷缩在沙发里，从来到鬼鉴岚的住处开始，他就一直蜷缩在那，足足一天了。脸色苍白，眼神呆滞，瘦弱的身体不时发抖，他仍旧沉浸在那个夜里，无法自拔。于是鬼鉴岚伫立在他面前，抛下了那句话。东影尘没有作声，继续那样蜷缩着。

"怂货！"鬼鉴岚像看着一堆垃圾那样看着他，还没忘了在他身上踢上一脚。

东影尘是想吼出来的，可是他不能赞同，却又无法反驳。东影尘不得不承认自己的弱小，他只能跟跟跄跄地逃跑，留下父亲倒在血泊之中。从小东影尘就体弱多病，父亲告诉他"劳心者治人，劳力者治于人"的道理，而热爱文学的母亲更是从小就让他形成了多愁善感的性格。从心底里，东影尘能够模糊地感觉到自己对于力量的向往，不知不觉中，他其实渴望自己能够拥有鬼鉴岚那样的力量。但是他隐隐地明白，想要获得这样的力量，他将要支付甚至于自己无法承受的代价。

他清楚地记得第二天一早，自己在沙发上酣睡着，身体和心灵全方位的疲倦让他睡得很死。猛然间的清醒，是因为鬼鉴岚在他脸上印了一个完整的鞋印。他迷惑地看向鬼鉴岚，鬼鉴岚也死死地盯着他，没有多余的话，鬼鉴岚只是简单地问了一句："你愿意了么？"

东影尘呆滞的双眼突然散发出光彩来，他似乎听懂了鬼鉴岚说的是什么，他点了点头，脸色透露出从来没有过的坚毅。

鬼鉴岚一改往常的戏谑，表情严肃，甚至于沉重："你确定么？会很强，但是肯定做不回人了……将会……天地皆怨鬼神共弃！"说到这里，鬼鉴岚这样的杀人机器，眼角甚至渗出了咸湿的液体。

"我……愿意！"东影尘点了点头。

人们在某些时刻神情坚毅地做出决定立下誓言，但其实他们并不知道自己即将面对的是什么。在接下来的过程中，有些人屈服于希望和现实的差距，选择了放弃；还有些人出于尊严，理想等等复杂的情感而选择坚持下去，此时他们的品性也较之此前的更加真实和顽强。

当时的东影尘还没有意识到，当他说出那三个字的时候，噩梦就开始了……

第五章

1

最先进行的是体能上的训练，那时候的他实在是太瘦小，羸弱了。看着同样赤着上身的鬼鉴岚身上流畅完美的肌肉线条，再对比自己露着肋骨的弱小体格，东影尘在心底里叹了一口气，微妙的自卑感油然而生。他们刚刚绕着所在的整个城区跑了一圈回来，足足有二十三公里，这对于东影尘来说无疑是可怕的距离。他扶着地下室的几个健身器材，把整个身体都压在了上面，几乎脱水的他正把一瓶矿泉水向口里倾倒。

"啪"，鬼鉴岚一脚踢在他的膝弯处，东影尘没有扛住不得不跪在了地上，钻心的疼痛自膝盖蔓延向全身。寂静的屋子里响起鬼鉴岚不大却透着阴冷的声音："起来！这里所有的器材，每个做二百个，什么时候结束，什么时候吃饭。"

东影尘慢慢地一节节支撑起自己的身体，骨骼发出一阵阵脆响。

高强度的训练下，东影尘的爆发力，耐久力以及反应速度在短时间内得到了大幅度的提升。但让他始终百思不得其解的是，他的体能训练足足进行了半年之久。半年的时间，在身体强度上，他和从前已经判若两人，肌肉线条简明清晰，举手投足之间都能体现出惊人的力量。鬼鉴岚已经数不清有多少次，东影尘因为高强度的训练昏厥过去，可是每一次醒过来东影尘都会立刻投入到那种魔鬼自虐式的训练当中。看着东影尘身上的那种令人觉得不可思议的倔强和坚韧，鬼鉴岚看他的眼神里，渐渐多了一丝惊讶。

这种高强度的训练，其实远远比过去的上课考试要辛苦的多，也没有可以预知的目标与未来。现在想起来，大多数人会选择的生活，一定是有道理的，但道理并不在于其中蕴含的价值，而在于平常人的生活往往对于人品质的考验是较低的，生物趋利避害的天性，便是平凡人生的道理所在。但人类高于其他生物之上的一种对于精神满足的渴望，会让他们妄图挣脱肉体的枷锁。

人类为了寻求更高质量的物质生活，聚集在一起协作形成社会。但他们的劣根性导致了不健康的相互倾轧，随着不断地进化和发展，这种倾轧不再似原始状态那样直接和野蛮，而是融入了契约和货币之中，凝结成独立于人类之上的体制。从此人们互相欺压着，也无人不被欺压着。

似乎没有人能从体制中挣脱出去，但就东影尘当时有限的一段时间来说，他暂时逃离了社会对人的控制。因此他宁可支付一些代价，换取短暂的精神快感。

2

市中心的体育场里，傍晚出来散步跑步的人很多，大多是一些中老年人，他们企图用失去活力的运动挽救早已被酒肉拖垮的身体。而大多数年轻人是不会来这儿的，他们已经被工作和生活搞得筋疲力尽。

东影尘跟着鬼鉴岚沿最外圈跑着，已经是第二十三圈了，两个人的呼吸都有些加重，步伐尽力维持着轻快。

"师父，你为什么会选择做杀手呢？"

"这么无聊的问题……"鬼鉴岚嘴角一扯，"大概是因为……呃，没得选吧。"

"哦。"东影尘没有听到想要的答案。其实他是希望听到有关于理想之类的东西的，结果听到的是命运。

"你知道我们这一门为什么要叫鬼鉴岚吗？"鬼鉴岚看他不作声，又反问道。看着东影尘摇头，他又继续解释："鬼，是指我们这些杀手；鉴，是勘破的意思；岚，就是山间的雾霭。鬼鉴岚，意思就是我们可以看清很多别人看不清的东西。这个社会在肉眼之下是遮着一层雾气的，需要我们撕开，只是有时候，连我也不太敢撕开。"

鬼鉴岚很少这样说话，东影尘也很少听得这么仔细。东影尘在心里反复思斟酌这番话，久久没有再吱声，鬼鉴岚也没再继续说什么。

两个人继续机械地跑动着，魂魄却飘得很远，不知道是不是一个方向。

3

天还没亮，从地下室的天窗往外看去，还是一片漆黑。已经穿戴整齐，东影尘正在往全身的各个部位捆绑沙袋，半年来他已经养成了习惯，固定会在凌晨四点半出门，开始长达二十几公里的长跑。"小崽子！"这个时间向来还没有起床的鬼鉴岚叫住了他："今天先不长跑了。"

"不长跑了？那干什么？"东影尘心里满是疑惑。

"从今天开始，我开始训练你格斗和射击。"鬼鉴岚吐出了这句话。

东影尘向来没有表情的脸上也露出了一丝惊讶，他向来不敢正视其他人的眼睛朝着鬼鉴岚投去了一个询问的眼神。

"是的，你没有听错，从今天开始，我要教会你散打，空手道，跆拳道，泰拳，柔道，巴西柔术，忍术，桑搏，西斯特玛，剑道以及短刀刺术。"

"这么多？"东影尘从来没有想象过，一个人可以同时掌握这么多种格斗术。

"别废话了，向我出拳。"鬼鉴岚的声音冰冷异常。

"啊？"东影尘还没有反应过来，一只脚就已经出现在他的面前。

凌空二段踢！

东影尘的侧脸被狠狠地切中，从未有过的眩晕感出现，他的身体震颤着向后飞去，而鬼鉴岚以不可思议的速度出现在他的身后，再次发动了攻击。猛烈的膝击碰撞在东影尘的后背。一股巨大的力量在他的全身化开，东影尘的嘴角渗出了鲜血。与此同时，鬼鉴岚捉住了他的衣领，把他朝着地面掼去。

"嘭"的一声碎响，东影尘的身体狠狠砸在地上，地下室铺的瓷砖甚至出现了裂隙，东影尘似乎觉得自己身上的每一块骨头都碎了。他挣扎着想要爬起来，眼前却一片模糊，手不禁一软，再次躺在了地上。鬼鉴岚突如其来的连续攻击，几乎在一瞬间就让东影尘失去了行动能力。

"你这个笨蛋，我开始怀疑自己要不要教你了。"鬼鉴岚甚至没有低下头看他，而是朝屋内的沙发走过去。

"等等……我们继续……打，师父！"屋里突然响起东影尘的说话声。

鬼鉴岚的眼皮居然跳了一下，内心掀起了浪潮。杀气！没错，他在此刻东影尘的身上，感受到了刺骨的杀机，他从未曾在东影尘的身上感受到这种东西。他扭过头向后看去，内心顿时被惊讶填满了。

东影尘双手撑在地上，就好像折尺一般，一点点直起了自己的身体，他的眼睛死死地盯着鬼鉴岚，眼睛里布满了血红色。鬼鉴岚终于明白了，原来他一直以来都看错了东影尘，真实的东影尘不懦弱，也不胆怯，只是瘦小娇弱和多愁善感的性格，压抑住了他心底里的疯狂凶残和悍不畏死。他那种看似弱小的外表下，藏着一头凶残的猛兽。东影尘一直在孤独中吸取力量，不经意间被鬼鉴岚的攻击激发出来。

刚刚东影尘身上所散发出的杀气，居然盖过了手舞长刀的东虹城，在那一瞬间，鬼鉴岚竟有些失神。他每天都在关注东影尘，过去的半年里，东影尘除了训练以外的全部时间，不是在看一些令他觉得无趣的书籍，就是坐在外面的某个角落，盯着头顶的夜空发呆。他从来都没有想过，东影尘可以变得这么……危险！

短暂的失神后，鬼鉴岚还是很快镇定下来，毕竟东影尘没有掌握任何格斗术。他也在心底里莫名的对东影尘产生了信心，毕竟这个没有掌握任何杀人技巧的小崽子，居然能给他威胁感。不再想这些，鬼鉴岚只是说了一句："好啊。"

东影尘刚刚抬起手臂交叉挡在身前，鬼鉴岚已经到了，垫步侧踢，踢中了他的双臂，东影尘只觉得自己的胳膊好像已经断掉了。更加让他无法想象的是，鬼鉴岚没有落地，身体居然凌空继续向前移动，另一条腿蜷曲，膝盖猛然顶击在东影尘的下颚上。东影尘无法想象人类可以做出这样的动作，似乎已经违背了物理规律，也超越了人体的生理极限。没有机会再想这些，东影尘的上下颚急剧碰撞，他下颌部位的天突穴附近被击中，这让他几乎全身麻痹，巨大的冲击力让他倒摔在地上。事实上，鬼鉴岚刻意让攻击偏移了位置，如果准确的打击在穴道上，东影尘的运动神经将会被破坏掉，造成身体局部僵死。

鬼鉴岚看着东影尘居然再次爬了起来，不仅仅是惊讶，心里甚至透着一股凉意。东影尘的双眼已经渗出了鲜血，全身带着一股自死亡归来的惨烈而又疯狂的气息。"师……父！我们……再来！"

反身旋风腿！

鬼鉴岚的身体凌空飞起，向后旋转着，腿部力量由横扫调整为向下，砸在东影尘的肩膀上，还没有完全站起来的东影尘被砸得跪在地上。落地的一瞬间，鬼鉴岚身形继续闪动，已然出现在东影尘身后，右手成刀，砍在了他的侧颈，几乎在刹那间，东影尘便失去了意识倒在地上。鬼鉴岚明白，如果继续原来那种攻击方式，自己很难短时间内彻底击倒东影尘，让他不再站起来。

4

东影尘现在想起来，那一次的打斗，仍旧刻骨铭心。那是他这一生中第一次和人打斗，竟然没有一丝一毫还手的余地就结束了。事后回想，如果鬼鉴岚没有在最后一刻砍晕他，他还会再一次站起来。那样的话，他很有可能会被打成残废。那一次，鬼鉴岚第一次向他展现了那种变态的爆发力，速度和协调能力，以及对格斗技术精确的掌握和创造性应用。

在那之后，他从最基础的散打开始，逐渐掌握了一系列格斗技巧，然而经过了全面的学习之后，鬼鉴岚发现，东影尘即使再健壮，也要比正常人显得瘦小，柔道，合气道等近身缠斗技术并不适合东影尘，尽管他已经能够全面掌握它们，甚至学习了一部分巴西柔术，但是应用起来，由于身体条件的限制，也很难把实力完全在实战中发挥出来。

然而，身材的劣势在某种程度上来说反而可以称之为优势。剑道，短刀这些器械格斗，以及空手道，泰拳等凌厉的格斗术，更加适合东影尘。尤其是短刀格斗，东影尘在这一项目上表现出了极高的兴趣和天赋。

东影尘还清楚地记得鬼鉴岚教他短刀格斗时讲授的最基础的理论：

"握刀的姿势是最基础的，握刀的手要有力但不能握实。"

"握刀时大拇指要竖直按在刀柄上，与刀尖的方向相同。"

"在具体格斗的时候，手腕要学会适当的调整，以适应任何攻防需要。"

"有一点你要知道，用短刀主要靠的不是手臂也不是手指的力量，而是手腕的力量。"

东影尘现在回忆起来，突然明白了，原来鬼鉴岚真正最擅长的，也是短刀，否则他不会在短刀这个貌不惊人的格斗技术上存在如此多的经验和理解。短刀短似指长，长及小臂，以刺为主。这样体态纤细渺小却又可以一击致死的武器，恰恰是最适合他们这种"鬼"的。

在不断的教授当中，鬼鉴岚也发现了东影尘非凡的想象力和创造力。东影尘在掌握了最基本的短刀格斗技术以后，鬼鉴岚和他进行了一次短刀格斗。结果自然是可以想象的，但是唯一让鬼鉴岚失算的是，东影尘竟然击伤了他！

他明明轻而易举地接住了东影尘劈下的一记重刀，左臂穿过东影尘的右臂，瞬间锁死。然而让他无法想象的事情发生了，东影尘手中的卡巴1217军刀竟然绕着虎口旋转一周，刀锋呼啸着，割向了鬼鉴岚的动脉，鬼鉴岚清楚地明白，以卡巴军刀1095钢材的锋利，足够把他的手腕全部切开。他不得不松开左臂，就在这一刹那，东影尘的右臂挣脱出来，左臂抬起，整个左肩撞向了鬼鉴岚，右手顺势反手刀撩向了鬼鉴岚的咽喉。

东影尘竟然能够让短刀围绕虎口做出360度的旋转，这个技能应用在正手刀和反手刀的切换上，会让攻击变得更加迅速，战斗存在更多的可能。除此之外，东影尘竟然还仅仅在刚刚掌握短刀格斗技术的基础上，就把剑道中的撞肩应用在短刀格斗当中。

尽管这记攻击仅仅擦伤了他的侧颈，却已经让鬼鉴岚的心里掀起了惊涛骇浪，要知道，东影尘还没有经过更强的打磨和实战的历练。他开始更加悉心地教导东影尘，心里不禁为他，也为自己感到骄傲。

5

城外的野山里，东影尘静静地趴在一片草丛中，如果用肉眼，人几乎无法知晓他的存在。他的身上，头顶都披挂着草叶编织成的伪装衣。面部以及每一寸裸露的皮肤，都用草木灰混合雨水涂遍了，凸起的额头，鼻梁上，颜色涂的深一些，凹陷的眼眶，面颊上，颜色涂的就浅一些。事实上，即便一条猎犬正在追踪他，也无法在自然中捕捉他的气味，他的每一寸皮肤，衣料，都被植物的浆汁浸透过，他的嘴里，每隔几分钟就嚼上一片草叶。此时此刻，他的身体散发的，他的嘴里呼出的，都是这片旷野的气息。他的呼吸仿佛都已经停滞了，身体没有一丝一毫的动作。东影尘的手里，紧紧握着一支雷明顿 M24 狙击步枪，枪身上缠绕的伪装布堪称完美，狙击镜上更是进行了仔细的防反光处理。他的手指轻轻地搭在扳机上，枪托紧紧抵靠在肩头，形成了一架几乎没有缺点漏洞的杀戮机器。

"啪！"一支羽箭钉立在东影尘的面前，狠狠地斜插进坚硬的泥土里，尾部仍旧在剧烈地震颤抖动着。东影尘的余光看见了身后不远处相同装扮的鬼鉴岚，于是他默默地站了起来，卸下身上的伪装衣，他知道，自己还是输了。这场师徒之间的对抗就进行在这方圆几里的野地里，双方从完全相反的两个方向开始互相寻找并试图猎杀对方，而现在结果毫无疑问，鬼鉴岚已经赢得了胜利，他放弃了狙击步枪，用自制的最原始的弓箭，成功猎杀了东影尘。

东影尘站在野地中央，山风不时卷过他的发际，他的目光不禁有些回归于呆滞，他还不明白鬼鉴岚是如何发现他的。东影尘的目光凝视着眼前视野里辽阔的荒原，仔细地思索自己刚刚行进和伪装的每一个过程，想搞清楚自己究竟哪一个环节出现了漏洞。鬼鉴岚看着他呆滞的目光，瞬间就明白了自己的徒弟正在想着什么，于是他走近了："你想知道自己为什么会被发现么？"

东影尘转身，望着鬼鉴岚深邃中透着凌厉的双眼，点了点头。

"你的枪！"听到这一句，东影尘提起自己的狙击步枪，上面的伪装网严格按照伪装技巧进行修饰，瞄准镜上也没有反光。"你的伪装人工气息太明显了！"鬼鉴岚继续说道，东影尘也竖起了耳朵，专心听着。"你的确采用了最先进的伪装网来伪装你手上这支无论从颜色还是外形上都和自然格格不入的枪械，可是你忽略了我对你说过的话，最好的伪装，莫过于取材于自然本身，这样才能真正融入于它。这块伪装布，颜色过于单一，在你周围的环境中很容易显露出轮廓，即便再高的相似度，它的颜色也不可能和你所处的环境完全相同。"

"那我该怎么做？"东影尘询问。

"你看看你的伪装衣是用什么做的。"鬼鉴岚淡淡地说了一句。

"我明白了……"东影尘一下就听懂了师父的意思,"我可以和一些泥,涂在枪上,然后把地上的草叶按照生长的方向粘连在枪上。"

鬼鉴岚笑了,他一直都对东影尘的想象力,创造力感到满意。

6

城市中心一家射箭俱乐部,鬼鉴岚缓步走进来,收款台前的老板露出了灿烂的笑容,他的身后,东影尘紧张地跟随着。今天他长跑回来,鬼鉴岚说,你今天要学会一项新的技能,然后就带他来到了这里。

鬼鉴岚带好护指,提起一把普通的反曲弓,迅速搭箭,撒放,正中靶心,动作干净利落,毫不拖泥带水。"老弟你还是这么准!"老板在他身后赞叹着,一副阿谀奉承的嘴脸。东影尘没有犹豫,学着鬼鉴岚那样,带好护指,从鬼鉴岚手里接过了弓箭,"我该怎么做?"他的脸上没有丝毫表情。

"两腿岔开同肩宽,左手持弓侧立,用我曾经提过的地中海式拉开。"

东影尘按照鬼鉴岚说的拉开弓撒放,箭偏了一些,六环,险些脱靶。

"不要用手臂发力而要用背部,撒放要果断不要后拉。"

鬼鉴岚立刻就说出了问题。东影尘听他说完，又从箭壶里抽出了一支箭搭上。箭以肉眼无法看清的速度震颤着飞向箭靶。

"啪！"

老板看向箭靶，不禁呆住了，看样子这个少年仅仅只是一个初学者，可是他的第二支箭，竟然就射中了……十环！他开始觉得这一箭仅仅只是碰巧而已，他扭过头看鬼鉴岚，鬼鉴岚只是轻轻点了点头："这次动作是正确的，开始吧。"看样子，他对这样的结果早就已经预料到了。

而让俱乐部老板惊讶的是，这还没有结束。东影尘开始一支接一支的把箭射出去，他的动作就像机器，精确无比。事实上，在训练格斗的过程中，东影尘曾经重复过无数次和开弓相同的动作，因此他持弓的手相当的稳定。超乎寻常的判断力，反应速度，再加上强悍的心理素质和惊人天赋，让他以最快的速度掌握了这种相对原始的武器。

第三支箭……射中了靶心！

然后是第四支，

第五支，

第六支，

第七支……

毫无例外，都是靶心！

接下来的一个月时间里，鬼鉴岚每天都会和东影尘来到这里，重复机械的，相同的动作，每天都要持续三个小时之久，不知疲倦……

7

仅仅是短短一年不到的时间里，东影尘近乎饥渴地向体内吸取着力量，鬼鉴岚也倾尽所有，他把自己所掌握的杀人的技能逐一教给了东影尘，东影尘的进步令鬼鉴岚惊讶。

东影尘现在的身体机能已经超越了人体的极限，能够在任何恶劣条件下生存并且战斗；东影尘能够熟练的运用各种格斗术并且灵活运用到实战当中，这座城市的十几个跆拳道馆，武术馆逐一受到了他的挑战，没有败绩；东影尘的短刀格斗已经青出于蓝而胜于蓝，除了经验不足外，攻击的速度和精度已经超过了鬼鉴岚；东影尘能够熟练地使用弓箭，弩箭，枪这些远距离射击武器，百发百中；东影尘在特种作战领域也达到了相当的高度，运动突击战，狙击作战和诡雷这些单兵项目几乎达到了相同领域内的巅峰。

第六章

1

东影尘仍旧坐在车里，他跳转回了现实，无论如何，他是再也见不到鬼鉴岚了。他低头看向自己的手表，五点半。不经意间，天已经黑了，东影尘居然在车里坐了近乎一天。他经常会这样把自己封闭在一个无人的角落里，双眼观察着自己以外的世界，同时也在心中拉开回忆的幕布。

东影尘发动汽车，同时从口袋里掏出手机，拨出了一个电话。

"喂！"电话的另一边是一个洪亮的声音。

"癫儒，六点，咖啡厅见。"

"哪个咖啡厅？"

"你知道。"说完，东影尘挂掉了电话。

另一端，一个下巴带着几根胡须，脸盘方正，满身书卷气的少年看着被挂掉的电话,不禁摇头苦笑,随即脸上露出凝重之色。

2

夜里的市中心繁杂而又琐碎,所有的灯光都被点亮,用来遮盖夜晚城市的丑陋。街道的两侧不时出现喝醉酒后跑到绿化带里呕吐的男人,某个小型广场上一群中年人随着音乐扭动无聊不堪的身体,人行路上摩肩接踵来来往往的不知都要去做些什么。每个人的生命都随着这个冷漠的城市转动着,或许没有人的生命是不断前行的,它无情的轮回仅仅是为了给一座庞大的机器增添些许零件。

3

东影尘坐在车里看向外面,车一辆接着一辆,让他莫名心生烦躁。

在短短的中学生涯里,他曾经写过一段短短的文字:

"我走在喧嚣的街道,除了汽车的轰鸣和电器之音,那树叶的沙沙声似乎也成了历史划过的一笔。在尾气和尘埃中,我慢慢看清一幢幢高大的建筑,我问自己:我在哪里?城市的推进扩大了人们的距离,仿佛月亮的遥不可及。在这繁华的背后,人们因忙碌而疲倦的身影,勾勒出多少萧索与悲凉的画面。

人们早出晚归，只为了最终的生存，是如此的周折与费力。人们来时那追逐梦想的英杰之心早已被现实打击得支离破碎，代之而起的是整天的奔波与忙碌，在这繁华的掩映下，我们追寻的，是一成不变的梦想，还是那彷徨的生活？苦苦寻觅，不肯离去。这里，究竟有什么值得我们眷恋的东西？"

记得当时这段话被他作为周记交了上去，这个问题难住了语文老师。老师还在课堂上表扬过东影尘，可是对这种质疑并不是十分赞同。安于现状的人们是没有勇气去深入思索的，并且会把适应现实作为理由和借口。他们心安理得地接受他们所看到的现实生活的样子，其实他们并不知道现实生活真正的样子，也不会想知道。又或许没有人知道呢？

<h1 style="text-align:center">4</h1>

切诺基在车流中穿梭着，迅猛的超车引起后面的阵阵咒骂声。东影尘沉稳地坐在驾驶位上，整整两年的时间里，鬼鉴岚教会了他开车，也让他无法像正常人那样开车。东影尘每一次紧紧握住方向盘，头脑里都不由自主地闪现出那个雪夜里的兰博基尼。这个时候，不清楚究竟是因为什么，他渴望自己能把车开得更快，快得超过那一辆。开车之于东影尘，更像是战斗。

东影尘走进了一家名字叫作"ELEVENCOFFEE"的咖啡

厅。

透过巨大的落地窗，人们可以模糊地看到两层楼里的样子，仅仅是站在外面，就觉得那玻璃窗透出的光芒充斥着奢靡和颓废。东影尘沿着木质的楼梯走上二楼，棚顶上昏暗的灯光撒在他的脸上。他径直走向紧靠落地窗的一个座位，整个咖啡厅规模很大，墙壁上是覆盖整个墙面的书橱，里面放着各种杂志和书籍，可是东影尘很清楚那些书是不会有人取下来更不要说翻开了，上面落着厚厚的灰尘。屋顶上对应着每一个座位的地方都悬挂着金黄色和银白色的水晶吊灯，木质的地板黑色和灰色相间，上面裸露着木质的条纹。东影尘坐在纯牛皮的沙发上，扭头注视着窗外的灯火昏黄。

"先生您要点什么？"不知什么时候，身着白色衬衫红色裙子的女服务生出现在旁边。

"稍等，我还有一个朋友没有过来。"东影尘朝女服务生露出了一个浅浅的笑容。

女服务生突然觉得脸上发烫，不知道为什么，眼前这个大男孩并不能称得上帅气，可是目光触及他深邃的目光，看着他嘴角扬起的浅笑，心跳不由自主地加快了。她的目光瞬间离开东影尘，转身向楼下逃去。

几分钟后，一个身材挺秀的年轻身影出现在楼梯口，迈着些许夸张的四方步，脸上满是坚毅，一副金属边框的眼镜戴在脸上，满身尽是浓厚的古风，和咖啡厅的环境显得格格不入。尽管他的气质这么独特，还是没有人会留意他的出现，可能这家咖啡厅的老板目的是招待一些追求高雅的客人，然而在如今这样浮躁的城市里，三五成群打牌闲扯，同学聚会的家伙成了主要消费人群，本来安静而恬淡的环境看上去竟然像大排档一样。也正因如此，形形色色的人群出现在这里，这样纷乱嘈杂的空间里，不会有人在意多一个人少一个人的出现。所以东影尘把每次会面的地点选在了这里，当然还有一个原因，是他喜欢这里的咖啡。

他的目光开始在四周寻找，最后发现了坐在那里望着窗外出神的东影尘。他走过去，大马金刀地坐在沙发上。东影尘把头扭回来，戏谑地一笑，"你来晚了四分钟，一会要罚你喝下一整杯咖啡。"

"你可别搞我了，上次你给我灌下去一杯咖啡，我一晚上没睡好不说，还腹泻！"

这个年轻人大名章玉杭，自号癫儒，喜欢研究古代文学，整个一个老学究式的人物，身份是省师范大学中文系在读大一学生，同时在一个报社里实习担任编辑。而就是这个近乎迂腐的学生，偏偏是这座城市里为数不多的几个清楚东影尘身份的人之一。这不仅仅是因为他们同样热爱文学志同道合，更不仅仅是因为章癫儒侠义肝胆值得信赖，最重要的是，他的父亲曾是一名资深法医，而章癫儒对于尸体的了解甚至超过了他的父亲，除此之外，由于他父亲警察局局长的特殊身份，地位较高，章癫儒能够借助警局的力量和手段，探查这个城市鲜为人知的另一面。

东影尘笑了，"好好好，不让你喝了。"他招呼了一声，那个女服务生很快就到了跟前，"来一杯香草拿铁一壶龙井。"女服务生一笑表示明了。章癫儒虽然不喜欢咖啡，可是对龙井茶却是情有独钟。

"说吧，找我什么事？我正在家作诗呢，你就这么着急地把我找出来。"

"还作诗！"东影尘朝着章癫儒抛了一个白眼。

"庭院操琴灵为友，

佳品备之候仙来。

抚剑深竹自长啸，

焚香烹茶门尚开。"章癫儒吟诵道。

东影尘点了点头，心里不禁对章癫儒的才华钦佩不已，"还真的挺像那么回事。"

"那可不！"章癫儒脸上写满了得意。

不过，尽管东影尘钦佩章癫儒的才情，却并不认为他思想比自己更深刻，章癫儒对美的追求确实优于常人，但并没有厚度。他不似东影尘这样敏感，对任何事物都有别样的体察。恰恰也可能因此，章癫儒从来不会像东影尘那样纠结。

这个时候，服务生把咖啡茶水都端了上来，放置在桌子上。所谓桌子，其实是两个复古的旧皮箱拼在了一起。东影尘拿起茶壶给章癫儒斟了一杯递过去，神色猛然严肃下来，"说正事吧。"说着，东影尘从上衣口袋里掏出来一张照片递给章癫儒，"帮我查清这个人是否进入了这座城市。"是那个男人，东影尘现在的目标。

"这个是你现在的目标？"

"嗯。"东影尘点了点头，"还有，帮我把一个人的资料调出来，姓名林玦，年龄 17 岁。"

"行。"章癫儒顿了一下，"等会儿！是女的？你小子不是要把妹吧？"

"滚犊子吧！"东影尘笑骂道，"你和陆群就没学好！"

"嘿嘿！"章癫儒不好意思地笑了，"我开玩笑的。"随后他也严肃起来，"什么时候要？"

"后天。"

"后天？我尽量吧。"章癫儒吓了一跳，不明白什么事情如此急迫。

"不能尽量，是务必！"东影尘说得斩钉截铁，然后就起身离开了，留下章癫儒一个人坐在沙发上发愣，咖啡升腾起的水汽缭绕在章癫儒鼻翼间，带着香浓而又苦涩的气息……

5

从外面看起来，这个建筑已经很老旧了，只有两层，表面粉刷过的墙壁墙皮掉落得七七八八，上面布满了裂纹。伴着"吱吖"的声响，锈迹斑斑的铁门被推开了，这扇门似乎已经有好长时间没有被打开过。黑暗的走廊里寂静而又冷清，一个少年蹑手蹑脚地走了进去，偶尔裤腿摩擦在一起的声音显得十分清晰。

他继续走着，不知道为什么，整个楼内都散发着一股阴寒的气息，运动鞋的坚硬鞋底和地板摩擦着，发出清晰的"嗞嘎"声。终于，他在走廊尽头的那个房间门口停了下来。

章癫儒不是第一次来警察局的验尸房了，自从他白天听父亲说起最近的这个案子，就产生了兴趣。

警察局验尸官给出的鉴定结果是自杀，但章癫儒还是想亲自检验一遍。本来已经要结案了，事情很明白，这个人在家中留下了遗书，从十七层楼跳了下去。但章癫儒在父亲拿回家的"案件分析报告"上，发现了疑点。那封遗书中死者的表述逻辑十分清晰，可是真正的遗书往往思维混乱，表达着某种偏激的感情色彩。所以他怀疑，这封遗书是伪造的，而整个案件，极有可能是他杀！于是他来到这里，想看看能不能在死者的尸体上有什么进一步的发现。

然而章癫儒刚刚触碰到房间的门，伴随着吱呀的响声，门居然开了一道缝隙，没有锁！现在已经是晚上十一点整了，难道有什么人来过？他慢慢推开门，轻轻地走了进去，两只耳朵竖起来，收听着每一寸声响。没有发现任何人，章癫儒心中的疑惑更深了，他走向验尸台。不知道为什么，这具尸体头部的白布居然被掀开了！

第七章

1

"出来！"章癫儒猛然转身大喝，其实他并不知道对方在哪里，但是有一点可以确认，某个家伙，现在就躲藏在他的身边！刚刚，一定是有人来到这里，想对尸体做手脚，然而自己突然造访，使对方没有来得及把尸布完全盖好。从刚刚发现门开着，他就已经开始怀疑了，而白布被掀开，更是让他确定了自己的想法。

一个黑影自他眼前闪过，速度太快了！有那么一瞬间，章癫儒怀疑自己面对的不是人类。冰冷的金属触感出现在脖颈上，对方已经移动到他的身后，一把巴克夜鹰655格斗刀置于他的咽喉。"没想到这里这么晚了还会有客人，居然还发现了我。"对方的声音十分冰冷，和这里的气氛暗合。

"我并不知道你在哪，只是诈术而已！"章癫儒在这样的情况下居然笑了出来。

"你是我遇到过最聪明的人了。"两个人的对话毫无厘头。

章癫儒伸出手，却摸向了尸体，对方的手上暗暗发力，在章癫儒的皮肤上留下一道浅浅的血痕。当他完全看清了章癫儒的动作，不禁一阵错愕。

章癫儒在整个尸体上搜索着，"你没有必要那么紧张，我清楚自己不是你的对手，不会贸然反抗的。"对方听了这句话，又是一阵错愕，嘴角露出不易察觉的微笑。

整个尸体在黑暗中显得十分恐怖，脑颅的前侧已经完全碎裂凹陷下去，五官各处都渗出鲜血，早已经干涸。整个身体都已经失去了血色，微微散发出一丝腐臭的气息。章癫儒的手最终在死者的脖颈处停留下来，他用力按压了几下，脸上展现出明了的神色。

"看来被你发现了。"对方说道。

"是你杀了这个人吧？你首先扭断了他的脖子，然后把他从楼上扔了下去，伪造成自杀。一个人从高处跌落，没有其他外力施加上去，胫骨是不会这样双向错位断裂的。或许你也明白这个道理，想现在回来填补这个漏洞。如果我猜得没错，你是想将尸体的骨骼正位之后再把他的胫骨全部敲碎。"章癫儒直接分析出了整个过程。

"嗯。"对方点了点头，若有所思。"看来你都明白了。怎么样，要不要去告诉警察叔叔？"章癫儒看着他和自己一样年轻的脸，心里突然涌起一股复杂的情绪，"我不知道还有你这么小的杀手，而且达到了这样的犯罪高度。”

“你是在夸赞我么？”

“是的。我不知道你曾经都做过些什么，但是我知道躺在这里的这个人，”章癫儒指着那具尸体，“他的确应该死！所以我不会把这件事说出来。”

“这么说你想包庇犯罪？”对方紧紧盯着章癫儒的眼镜，他在里面看见了某种东西，似乎眼前这个人是不会说谎的。他把手中的刀放下来，转身打算离开。

背后响起了章癫儒的声音：“有兴趣一起喝一杯么？”

他愣了一下，不禁笑了出来，“好啊……”

2

章癫儒坐在沙发上，回想着他和东影尘第一次见面的情景，居然还是在停尸房里。那一次，出奇地，他第一次放过了罪犯，而东影尘，也第一次在刀出鞘后没有杀死任何人。章癫儒那时对东影尘的想法是很复杂的，恐惧之余，又带着强烈的好奇心，当然后者的成分更多一些。他当时是害怕的，刀锋接触到他的皮肤，冷汗都渗了出来，他努力让自己显得镇定。或许他的妥协，是带着求生的欲望的；同时他也充满了好奇，和自己年龄相近的少年，怎么会吃杀手这碗饭呢？怎么不上学？有没有家人？更奇怪的是，自己说了不会说出去，他就放过了自己，为什么会这样轻易地信任自己呢？难道是判断出了自己没有说谎？章癫儒的心里满是疑惑。

出于好奇心，他主动去接触东影尘，也渐渐了解到了很多事情。他对东影尘，有佩服，有畏惧，也有同情。

3

远离城市的丛林之中，一个身着仿生狩猎装的男人快速行进着，作战背心上悬挂着各种装备，他的手里提着一支56式冲锋枪。冬季的荒野环境更加恶劣，大雪覆盖了整个丛林，他每前进一步整只脚都会没进雪里去。他的体力显然非比寻常，奔跑的节奏有力而且丝毫不见紊乱。枯黄的树木早已在第一次寒风袭来时就落光了叶子，单薄的枝丫上挂满了积雪。男人的服饰伪装使他看起来就像是一堆相同的枯木。

"刷刷刷。"他的身后响起了树枝蒿草被刮动的细微响声，身着相同服饰的五个人紧随其后，他们手里的武器也各不相同，AK47突击步枪，M4A2卡宾枪还有G22狙击步枪和M249机枪。他们的对讲设备里传来前面那个男人嘶哑的声音："小心点，别再让我听见你们刮动树枝的声音！你们想死吗？"

冷汗从后面几个人的额头上渗了出来，那个男人是他们的队长，而他们这支雇佣军小队正在追杀一个目标，很值钱！雇主曾经反复交代，这个人很危险，要打起十万分的小心。根据情报说这个人就在这片丛林里，于是他们在这片区域里搜索了整整一天。天色黑了下来，可是没有任何收获，他们也渐渐懈怠起来。其实在他们的内心深处，尽管已经了解到了任务的风险，却并没有在心底里意识到具体的程度。很多道理，很多危险，在内心之中是依靠经验建立概念的，然而有些危机会带来死亡，因此许多人并没有建立这种概念的机会。

听到队长在对讲机里这样说，几乎要停下来打盹的几个人猛然清醒，步履放轻，眼睛紧紧盯着四周，就好像接近猎物的野兽。

"啪！"空旷的丛林中突然响起了树枝折断的脆响，队长看着自己脚下折断的一根枯枝，瞬间紧张起来，打出了一个手势，整队人都停了下来，警戒地看着周围。他们也听见了这个声音，更明白这在丛林作战中意味着什么！在丛林作战中，真正的特战高手在宿营之前，会把干枯没有水分的树枝埋进松软的土里或者雪里，只有埋进里面的干树枝被人踩断，才会发出这样的声音。当队长无意中踩断这样一根树枝他们听见这记脆响时，他们就很清楚地意识到，碰见高手了！

队长打出了撤退的手势，他已经意识到自己这支还算精锐的小队和他们的目标相比是不堪一击的，如果他们继续向前甚至发动攻击，他们就一定会成为被猎杀的对象。

就在他们后撤了不足一百米的时候，"咔嚓！"一声，这是地雷被触发的声音。队长的脸色变了，他一下扑倒在地上，又顺势滚出了很远。爆炸声在丛林里响起，整支队伍也瞬间减员了两名，他们没能及时躲过突如其来的爆炸。就在刚刚，他们的目标听见了树枝折断的声响，迅速离开了原来的位置，绕到了他们的身后。他悄无声息的从一片枯枝中排出一颗地雷，这是那支小队在前进过程中为了防止有人从背后进行偷袭而设下的诡雷。他又将这颗地雷埋设到了两三米远的位置上，那里还有刚刚那队人经过留下的足迹。发现敌人设置的诡雷，再稍微移动位置让敌人踏上自己的陷阱，这是很多特战高手常用的战术。

队长和他剩下的三名队员挣扎着从地上爬起来，他们来不及检查自己同伴的尸体，互相紧靠着，手里的枪分别对准不同的方向。此刻，他们的心里满是恐慌，他们已经不敢再继续向前走了。

"嗖！"伴着尖锐的破空声，队长瞪大了眼睛，看着自己胸前的这支弩箭，就在他们等待着对方开枪时，对方已经用弩箭锁定了对自己威胁最大的目标。几个队员开枪了，他们朝着发出声音的那个方向倾泻着弹匣里的子弹！

"嗖！"同样的破空声在另一个方向响起，那个手持M4A2卡宾枪的队员被羽箭贯穿了头颅。接下来是相同的攻击方式，仅剩的两人没有来得及搜索到目标，就各自被羽箭钉在了树上！

一个身着美国 ACU 迷彩作战服的瘦高男人从茂密的树丛里走出来，他的手里托着一把军用十字弩，背后背着一柄巨大的古斯巴达斩马刀。他的目光在每一具尸体上掠过，嘴角露出轻蔑的笑容，转身打算离开了。

他的身后，一个队员缓缓抬起手臂来，手里的GLOCK17手枪慢慢对准了他，这个人并没有在方才的爆炸中丧生，他的下肢被炸得粉碎，巨大的疼痛使他暂时昏厥过去。

"噗！"那柄斩马刀不知何时脱手了，刺穿了那人的胸膛把他死死钉在地上。

"哼！尽派些杂碎来对付我。"

他离开了，洁白的雪地上被浸得一片片殷红，丛林里散发着一时难以化开的血腥气。

4

ELEVENCOFFEE，夜。

还是那个靠窗的座位上，东影尘和章癫儒相对而坐。

"怎么样？有什么结果？"东影尘问。

"没有发现那个男人的踪迹，我查了整个城市汽车，火车，动车，高铁，飞机各个站口人员的出入情况，他没有出现过。"看着东影尘脸上难以抑制的失望，章癫儒赶忙补充："不过城外出事了。"

东影尘本来低垂的眼角又扬了起来，"怎么回事？"

"昨天下午有人在距离市内四十公里左右的丛林里发现了六具尸体并报了警，现场有爆炸和枪战的痕迹！"说着，章癫儒把一沓照片扔在了桌子上，"这些我不懂，所以我把现场的照片给你调了一份回来，看看吧。"章癫儒声音压得很低，语速尽量加快，丝毫没有拖泥带水。其实他在来之前已经把这短短的几句话放在心里斟酌了很久，有些人会有提前思考说什么的习惯，避免说了些不该说的话，甚至废话。可在生活中，大多数人是废话连篇的，这说明人与人的交流，传递信息并不是唯一的目的。

东影尘拿过那沓照片开始仔细端详，四个人的头或者心脏部位都插着羽箭，杀人者使用的竟然是弓弩！剩下的两个人一个被炸的支离破碎，另一个腿被炸碎，胸前有一记贯穿的刀伤。死者都穿着作战服，手里拿着各式各样的武器。

"你怎么看？"章癫儒看东影尘盯着照片出神不作声，试探着问了一句。

东影尘把照片扔回桌子上，"杀他们的是个高手！我隐约觉得这件事和我的目标有关系。"

"这个。"章癫儒指着照片上其中一具尸体胸前的刀伤说，"我爸检查了这具刀伤，应该出自斩马刀或者黑鳄战刀一类的冷兵器。"

"斩马刀！"东影尘差点拍案而起，真的是他！

东影尘永远也忘不了，那柄刺穿自己父亲胸膛的斩马刀……

5

东影尘的住处里，东影尘半躺在床上，右手里握着 SOG 格斗刀，左手捏着一块磨刀石。刀子打磨在上面，发出刺耳的摩擦声，当东影尘的耳膜收到这样的刺激时，他就能清楚地相信两件事，他手里的武器还在，他还活着。

林玦，女，1997 年 11 月 25 日出生于冀州省，13 岁随父亲移居天都城，目前在省师范大学哲学系读大一，和章癫儒一个学校。而她的父母这一栏里，出现了正常情况下绝对不应该出现的字样，都是"已殁"。

东影尘想着刚刚章癫儒提供给自己关于林玦的信息，心里更加疑惑了，他深深地感受到，她父母的情况，和现在发生的一切一定有着某种联系。这种联系并不是出于逻辑，他自己并没有意识到，人是会把自己非常在意的事物自然而然地联系在一起的。同时，他心底里也希望林玦和自己的事情相关联，那是一种浅浅的渴望，浅到他自己都没有意识到。

不过，突如其来的袭击，城外丛林里发生的战斗，东影尘不相信它们是没有联系的，在城市内外，几乎同时出现枪战，不可能存在碰巧的几率。

他仔细思索了一会，打开手机 QQ，在群"鬼鉴岚"上发出了一个消息："我需要你们。"

这样的语气在线上交谈中是很少见的，或许是东影尘把这当作是一件具有仪式性的事情。

他的眼睛一直盯着手机屏幕，期待它亮起来，发出期盼听到的声音。所有声音都是存在于记忆之中的，记忆又通过声音这样具体的依托与情绪联系起来。

"叮叮。"手机的提示音响了起来。

"哥需要我干什么"—陆群

"怎么了？"—章癫儒

"怎么了"—苍蓝

他们连续发来了消息，回复的文字也显露出三个人不同的性格与习惯来。

东影尘看见，笑了，迅速发了一句话："都到我家来。"

6

并不狭小的地下室里突然显得有些拥挤，其实并没有摩肩接踵，只不过东影尘已经习惯了一个人待在这样大的空间里，突然多出来三个大小伙子，让他觉得自己生活的空间瞬时变小了。

孤独是会成为一种习惯的，当这种习惯被外力打破，人并不会在心理上脱离孤独，这个时候他的内心与现实环境就会产生冲突，产生不适。

章癫儒身体最差，但出于准时的习惯，来的却是最早的那一个。苍蓝和陆群反倒是隔了许久才到，看着陆群极差的脸色，东影尘和章癫儒都意识到又发生了什么。

陆群和父母又吵架了。

每次陆群跑出来找他们，他们的父母都会批评他不好好在家学习，随即战争爆发。陆群的父母和其他传统的家长并没有什么两样，只是稍微严厉一些。当前的社会产生了这样的现象，由于这个时代的中年人在过去大多是通过参加国家统一的考试，才拥有了相对体面的工作与稳定的收入，步入到更高的阶层，享受更多的权利。因此他们固执地相信自己的下一代人也需要用同样的方式实现相同的事情，于是对现在的学生来说竞争变为了比成长更重要的事情。

老一代人留下的经验，亦或许是不值得遵从的。

陆群的父母就是这千千万万父母中最普通也最盲从的一例，他们的严厉可能真的是出于对儿子炽热的爱，但问题的关键或许是陆群内心的想法到底是什么。甚至他们也可能是为了满足自己的虚荣心，当这些家长同时步入社交圈子，孩子自然是他们互相比拼最重要的因素之一。没有人清楚他们对孩子逼迫的出发点究竟是什么，应该是二者皆有吧。

章癫儒和陆群开着一些没营养的玩笑，陆群脸上渐渐露出了笑容。

东影尘听着陆群和章癫儒在那里兴奋地交流，手上还比比画画的，他不用听也清楚，一个屠夫，一个法医，两个变态凑在一起，向来只研究一个话题—审俘。章癫儒正在向陆群请教一些审讯的手段，其实他更多的目的还是为了娱乐打发时间，如果真地想要学习，直接去问东影尘就可以。

苍蓝拿起房间里的几把刀欣赏着，最后把注意力放在了一把松田菊男 KM-230 风神上，惊叹着高级手工刀具完美的做工。

东影尘接通了咖啡机的电源，准备给大家冲泡咖啡。他听着章癫儒和陆群对话的内容，里面夹杂着一些血腥的字眼，思绪飘回一年以前。

7

那时他刚刚完成了各种器械，环境以及模式的战斗技能。

仅仅用了一年的时间。

东影尘可以清楚地感受到，鬼鉴岚为自己的进步感到骄傲！那种骄傲类似于父亲对儿子的感情，让他觉得很温暖。尽管鬼鉴岚和他日常的交流中大部分时间态度都是不屑的，但他却能感受到鬼鉴岚对自己的关心。一次东影尘发高烧了，体温高居不下，鬼鉴岚十分焦急。半夜里东影尘终于退烧，睡下了。

鬼鉴岚坐在他旁边，埋怨着东影尘体格太弱。

那个时候，东影尘其实还醒着。

可是令他感到疑惑的是，随着训练的结束，鬼鉴岚的情绪却愈发沉重甚至低落，他对东影尘的教授似乎也变得犹疑起来。

东影尘几乎在他的身上感受到了近乎恐惧的东西。

直到那一天，东影尘留下了无法磨灭的印象。

两个人坐在沙发上，东影尘在看书，鬼鉴岚发着呆，不知道在想些什么。

"兔崽子，你知道什么是杀手么？"鬼鉴岚突然发问。

东影尘被问得一愣，居然摇了摇头。鬼鉴岚点头说道，"你确实不知道。"然后他就把东影尘领到了平时存放东西的那个狭小的黑暗的仓库里。东影尘刚刚走进去，就被眼前的东西惊呆了，整个空间里都挂满了各种像是医疗用具的东西，正中央摆放着一个修牙才会使用的铁座椅。然而最令东影尘感到惊恐的是，在角落里一个被捆得像是粽子一样的人在不停地挣扎着，他的脸被黑色的面罩遮住了，这使他的视觉完全丧失了作用。东影尘预感到了，在这个人身上即将发生的事情，会成为噩梦一样的东西。

鬼鉴岚只是说了一句，"今天你只需要看着就可以了。"他把那个人提了起来，解开绳子，那个人似乎想要反抗，鬼鉴岚一记重拳打在了他的下颚上，然后把他死死按在了铁椅上面。

"咔嗒，咔嗒……"鬼鉴岚用皮带扣把这个人紧紧地束缚在了椅子上。随着声音响起，他开始恐慌了，四肢不停地挣扎，却只是徒劳。东影尘清楚，即使换做自己被这样绑缚在上面，也是动弹不得的。

那个人嘶吼着，"你究竟要做什么？放开我！"他已经被恐惧左右，失去了最后的理智。

鬼鉴岚拿出了注射器，开始给他进行静脉注射，东影尘看清了，那是肾上腺素。

"你在干什么！"那个人咆哮着，挣扎得更厉害了。鬼鉴岚伏下身子，附在他的耳边轻轻地说道："我刚刚给你注射了浓度为 0.7% 的生理盐水，它能够在一定程度上阻止你的血液凝固。"东影尘眼睛里充满了疑惑，鬼鉴岚明明注射的是肾上腺素。

"你到底要干什么？"那个人更加惊恐了，他的大脑已经开始想象接下来发生的事情，心脏也以不可思议的程度加快了。"啊！你做了什么？"他几乎崩溃了，东影尘看见，鬼鉴岚把一根带着针头和调节液体流量大小装置的橡胶管，刺入了这个人的身体。东影尘又仔细观察，才发现这个橡胶管竟然是循环的，血液开始在里面流动起来，流出那个人的人体又重新注入那个人的身体，东影尘瞪大了眼睛，他更加疑惑了。

但是当鬼鉴岚把一个漏斗悬空挂起来，开始向里面注入清水时，东影尘终于隐约明白鬼鉴岚要做什么了，不知道为什么，他看向鬼鉴岚的眼神里第一次多了一丝厌恶。

清水顺着漏斗开始向下滴落，坠落在地上，发出不间断的"啪嗒啪嗒"的响声。

鬼鉴岚附在那人的耳边继续说道："这件道具是我亲手

做的，可以以相当均衡稳定的速度从你的身体里放血，直到流干为止。"那个人愣住了，"啪嗒啪嗒"的声音在他听起来，每一声都代表了自己生命的流逝。他突然疯狂地挣扎起来，狂暴地嘶吼着，可是"啪嗒啪嗒"的声音没有停下来……

第八章

1

"啧啧，"鬼鉴岚嘴角露出了诡邪的笑容，"让我看看啊，按照这个速度，你全身的血液流干大概需要一个小时，不过看你这样挣扎的话，四十五分钟应该足够了。"

那个人停止了动作，但是身体仍然禁不住颤抖，"你想要什么？我都给你啊！都给你！停下吧！"他的语气里充斥着恐惧和哀求。

"我想要你死啊……哈哈哈哈！"鬼鉴岚说着，发出了令人毛骨悚然的笑声，"我最喜欢看到的，就是我的猎物能在痛苦和煎熬中一点点死去。"

那个人绝望了，不再挣扎，只是颤抖，他全身都在颤抖着。

鬼鉴岚没有在意东影尘看向自己充满恨意的目光，"好好学学吧！"

东影尘就这样，他不能离开，他尽力闭上眼睛，不去看那个人，可是超越常人的听觉，使他清晰地听见那个人颤抖，牙关碰撞的声音。

东影尘的厌恶来自于心底的善意，与人为善的人擅长换位思考，东影尘想象着自己处在这个人的位置上，痛苦、恐惧、同情、憎恨，各种负面的情绪喷涌而出。

最后他听见了人身体极度抽搐的声音，然后一切都平静下来。东影尘睁开眼睛，发现那个人身体松弛下来，他听见鬼鉴岚古怪的声音："他死了。"

东影尘脸色苍白，他很清楚刚刚发生了什么，那一针肾上腺素让那人的心跳猛然间加速。那个道具和鬼鉴岚的一系列语言，让陷入黑暗，失去视觉的他把一切当成了真实的，他以为自己的血液正在慢慢地流干。恐惧让他的心脏超越负荷地跳动，最终停止了。

鬼鉴岚居然活活把一个人给吓死了！

"这就是你接下来要学习的！"鬼鉴岚对着东影尘说道。

东影尘突然蹲了下来，把头深深地埋进了怀里，低声啜泣起来。

男孩被吓哭了，他未曾面对过如此暴虐的死亡。

鬼鉴岚不屑地瞟了他一眼，口吻轻蔑极了，"我就知道你是个垃圾！"

东影尘还在抽泣着，就在刚刚他的心里被恐惧完全覆盖了，他突然意识到鬼鉴岚刚刚问他那个问题的真正含义了。

他一直都不知道什么是杀手，也不知道什么是战斗。他不畏惧死亡，可是人性的沦丧使他惶恐万分。他接受了各种杀人技巧的训练，但他刚刚才明白自己学习的究竟是什么，那是赤裸裸的屠戮！他还没有做好心理准备，他这个仅仅十八岁的年轻人，被吓坏了。

鬼鉴岚仿佛丝毫不理会他的感受，自顾自地说道："这已经是我做过最温柔的事情了，"他的嘴角还挂着那丝诡邪的笑容，"我曾经在一个人的十根手指头的指甲缝里，都插入了钢针。十指连心啊！我可以清楚地体会到他的痛苦，但是这还不够。我用蜡烛，轮番炙烤钢针的尾部。我把高温通过钢针，直接传送到了人体最敏感的部位。最后他生生疼死了，我也很惋惜，可是……还有一次，我……"鬼鉴岚的语速越来越快，声调也越来越高。

他故意刺激着东影尘，但东影尘此时没有看见，鬼鉴岚的笑容很苦涩，眼神迷离着，充满了对自己的鄙夷。

"别说了！"东影尘想要喊出来，喉咙里却只发出沙哑的声音。

"呵呵。"鬼鉴岚冷笑了一声，嘴角的笑容收了起来，神情瞬间严肃，"对待敌人仁慈，是需要资本的。可是我一直都明白，杀手，肯定没有这样的资本！"

"如果你没有做好杀戮的心理准备，就不要做一个杀手了。"扔下了这句话，鬼鉴岚转身离开了，把东影尘和那具尸体一同留在了这里。

其实鬼鉴岚明白东影尘的每一丝情绪，他内心里每一个细微的变化都逃不过鬼鉴岚的眼睛。可是鬼鉴岚理解现在的东影尘。他更清楚，想要迈过这样一个门槛，对于人类来说，是一个几乎不可能完成的挑战。因为人类在人类社会中长期生存，道德伦理是人内心中无法言明的法律。

而他即将教会东影尘的，也是最后能教给东影尘的，是如何步入上帝禁区！

战争中的上帝禁区！

这是在战争条件下，战士自主进入的一种心理状态。在这种状态下，战士的战争行为会是非人道的，他们最终的结果也会是悲惨的。

上帝禁区究竟是什么呢？科学家研究表明，人类的大脑脑细胞通常只被应用10%，即使那些科技界的天才如爱因斯坦等人也只运用到20%，70%以上的脑细胞处于休眠状态。长期以来人们不知道这到底是因为什么，于是说是上帝之手封存的，免得人类太聪明，破了天界的许多禁忌，因此习惯地称这部分未开垦的脑区域叫作"上帝禁区"。

鬼鉴岚深切地体会到，东影尘还没有开始这项训练，仅仅是观摩了他的虐杀过程，就已经几乎造成了步入上帝禁区后所产生的后果，战后心理综合症！或许对于一个普通人来说这是正常的，可是对于东影尘这样一个已经接受过所有作战、暗杀、破坏、审讯等训练的战士来说，在已经具有了远远超过常人的坚韧神经后，仍然产生如此抵触、厌恶甚至是恐怖的情绪，就不再是那么正常的了。不过鬼鉴岚还是想明白了，因为东影尘比正常的年轻人，更加敏感和孤独，他多愁善感的性格让他的每一条神经极具坚韧时仍然拥有着远远超越常人的敏感。

按照鬼鉴岚的分析，东影尘已经患有轻度的战后心理综合症，他需要用最短的时间消除它给东影尘带来的影响。

战后心理综合症，指人在遭遇或对抗重大压力后，其心理状态产生失调。这些压力包括生命遭到威胁、严重物理性伤害、身体或心灵上的胁迫。这完全是由外界客观条件造成的，而患者心理状态原本没有问题。

有些退役的老兵回到正常人的生活中来，会出现不适应的情况，就是战争留下的后遗症。有部电影很清晰地描述了这一现象："有一些在战场上退役的老兵，回家后必须挖个类似于战壕的坑，在那里面蜷缩着才能安心睡觉、还有的成天打架斗殴、有的则是脑子里全是杀人的画面，最后控制不了自己去杀人。"

这对于东影尘来说，是必须要克服的阻碍。因为战士自主进入上帝禁区所造成的结果就是战后心理综合症！而他接下来要学习的，恰恰是在特定状况下让自己主动进入上帝禁区。

想要进入上帝禁区，战士首先要对自己进行催眠，他会在自己的大脑中，不断想象着他这一辈子最无法接受，最不能容忍的事情。比如战友被人当场虐杀的画面，他一遍遍地想，一遍遍地对自己进行催眠，让他的潜意识相信，这些东西，已经或者正在发生，直至变成了他自己虚拟出来的记忆。他不停地翻阅这些虚假的，却会让他愤怒到极点，痛苦到极点的记忆，一次次地挑战他的心理承受极限。当受到意外刺激，有拼上性命也要去保护的目标时，人类的身上，就可能爆发出一种根本无法固定，更无法掌控的强大力量。因为这种力量太过恐怖，太过不可掌握，科学家们才会把身体的这种潜能，和人类的大脑潜能并称为上帝禁区。这个时候，他的身体会发疯似的不断分泌激素，此时他的听觉，视觉，嗅觉甚至是感觉，都会比平时敏锐至少三倍。也许你还距离他数百米远，他就能感受到你的存在。

然而，换取这种力量所要支付的代价，就是，无论他是有意还是无意的步入这种状态，他都会以十倍的速度消耗体能与精神，直至崩溃死亡！这种代价，就是战后心理综合征中最危险的一类。所以鬼鉴岚曾经严肃地问过东影尘是否愿意跟自己学习。

很多人都站在人道立场，对他们在这种状态下做出的行为进行谴责和批判，即使这些战士曾经为了他们的安定和平而战。在他们的潜意识里，由于社会主流的道德价值观熏陶，诸如使用敌人尸体制作诡雷，首先击毙敌人中的妇孺老幼，利用对方的一些民族心理发动血腥屠杀，对被俘的敌人进行惨不忍睹的拷问，这些行为，是罪无可赦的。就连日内瓦公约和海牙国际法庭，也不会允许这样的暴行。

鬼鉴岚即将教会东影尘的，就是这些。

他曾经警告东影尘，那将会，天地皆怨鬼神共弃！

鬼鉴岚以为东影尘已经做好了足够的心理准备，可是他现在发现自己错了，错得厉害。一直以来，东影尘仍然还是那个孤独敏感的孩子。

2

站在屋子的中央，东影尘深深地吸了一口气，就在刚刚他再次回忆起了自己心底里最痛苦不堪最难以想象的回忆。或许另外三个人也注意到了他情绪的不正常，停止了他们的谈话，都扭过头来，看着东影尘。东影尘冲他们露出一个微笑，迅速让自己的思绪回到现实，他把咖啡缓缓倒进杯中，端到了茶几上。

大家坐在沙发上，东影尘发话了："哥几个，我要说正事了。"

几个人表情都严肃起来。人的语言既是情绪的体现，又会调动起情绪。

其实东影尘的性格，导致他是抗拒团队的，然而长时间的单独行动，让他意识到团队的重要性，他不得不克服这种排斥。从某种意义上来讲，他们几个人算不上是一个成熟的团队，没有掺入过多杂质的友谊维系了他们的组织性。

东影尘丝毫没有拖泥带水，"苍蓝，陆群，你们两个人从今天开始，放下手头所有的事情，立刻开始搜寻这个人的踪迹，发现以后先不要动手，立刻告诉我！"东影尘把那个瘦高男人的照片以及城外丛林里案发现场的照片都递给了苍蓝，"城外的那些尸体，枪战，都是他干的，你们可以去一趟那里，看看能不能搞到什么线索。"

"可是我妈看得很严的！"陆群抱怨着。

"我可以自己去。"苍蓝面无表情地说道。

"好吧好吧！我去。"陆群抱怨归抱怨，依旧是坚持参加的。他的抱怨，只是低落情绪的发泄而已。

章癫儒询问式地看向东影尘，"那我呢？"

"能不能在三天之内把我弄进你学校？"东影尘语出惊人。

"啊？"章癫儒有些傻眼了，"你要去我们学校读书？疯了吧！"突然他想起了一些事情，脸上露出了暧昧的表情，"啊，我明白了，你是冲着那个林玦去的吧！挺会算计啊，安排我们干活，你去撩妹！"

这回苍蓝都忍不住露出好奇的表情，想要问清楚是谁。

陆群听了，更是焦急地追问："我靠，是谁啊？谁啊？"

"就你们前些天救的那个。"章癫儒表情越来越猥琐。对于这些正值青春期的少年来说，有关于异性的话题最能引起大家的兴趣。

"我哥居然这样，这就看上人家了？"看着这几个家伙热火朝天的样子，东影尘甚至觉得，他们已经完全忘记了自己是来干什么的。

"都别闹了！"他喝止了这些人无聊的臆测，认真地看着章癫儒："与她相关的事情没有那么简单，你说对了，我是要去找她！可是不是因为其他什么的原因，我去找她，是因为我觉得，她和我的任务，存在着某种联系。那天救她的时候我就有了这样的直觉，后来你传来消息说城外发生枪战，六人被杀，我就更加肯定了自己的直觉。这种联系一定是存在的，现在我要去找到它！而唯一的突破口，就是那个女的。"东影尘一下解释了好多。

其实，一个人如果真的在心底里认定某件事情，反倒不会口头上强调。人们嘴里不停说着的，往往和事实相去甚远。

陆群和章癫儒还想再调侃几句，东影尘瞪了他们一眼，几个家伙终于安静下来，章癫儒仔细斟酌了一下，说道："放心吧，两天时间，就够了。"

"都有问题吗？"

陆群清了清嗓子："如果我们发现了那个人，可以动手么？"

"不可以！"东影尘斩钉截铁地回答道。

"为什么？"

"你们不是他的对手！"

"你是说，我和苍蓝加在一起，也不是他的对手？"

"你们会死！好了，都去准备吧。"东影尘不再说什么了。陆群压抑着内心的惊恐，和苍蓝、章癫儒一同离开了。

东影尘很清楚，即便是现在的自己，也没有完全的把握杀死那个男人，他永远也忘不了，自己的父亲仅仅一招，就被对方杀死。现在回忆起当初战斗的场景，东影尘知道，自己的父亲，实力很强。

可是，他死了。

第九章

1

云层如同一块块乌布，将整个天空都遮蔽起来。

还有一个月就放寒假了，整个校园里却弥漫着一种颓废里透着疯狂的气息。期末考试就要到来了，对于大学生来说，这是他们一学期当中最为刻苦的时刻。平日里生活主要是由是打游戏，刷网页，谈恋爱这些内容构成的，到了期末终于翻开课本，却不是为了学习知识，而是为了学分和排名，甚至只是不挂科。

东影尘站在这个学校的门口，一身北面的户外装束，脚上蹬着卡其色的高腰登山鞋，背着一个巨大的泥色户外背囊。那些花花绿绿的同龄人指指点点地看着他，他也看着他们。两年前，东影尘曾经有过一次选择的机会，最终他放弃了学生的身份。

东影尘看着三三两两的学生从学校的门口走出来，有些男女成双入对，有些莺莺燕燕嬉笑着，有些小伙子勾肩搭背。东影尘就这样望着他们，回忆着自己曾经还是学生的样子。他突然开始悲伤起来，他发觉自己的即便作为普通人的学生时代，和其他人也是决然不同的。

孤独，时时如蛆附骨。

"嘿！"章癫儒在东影尘身后叫着，他从来不敢在公共场合称呼东影尘的姓名，尽管在他的生活中有东影尘这样的朋友早已习以为常，但东影尘已经不再是普通社会所能容纳的了。

"你可算是出来了。"

"我就够快了，教室离得远。事情比想象中还要好办一些，林玦的班级恰好有一个学生休学了，他的寝室就空了出来。你的身份被我做成了南方一个大学的学生，过来交流的。我让我爸和宿管以及相关领导都打过了招呼，你今天就可以住进去。至于和同学们一起上课，你就说自己是交流来的，老师同学们也不清楚究竟是怎么回事，反正你只待一个月。"章癫儒已经为东影尘办好了各方面事情，现在来接他进学校。

刚刚东影尘站在门口，就已经明白了为什么章癫儒坚持要来接他，因为这个学校实在是太大了！他看着眼前高大的校门，恍惚间竟觉得有些压抑。在这里，他要度过自己人生里短暂的，只有一个月的大学时光。每次他这样想着，都会觉得自己距离战斗和杀戮更遥远了，而事实上，这些都在以他无法逆转的方向和速度逐渐迫近。

2

城外的丛林里，两个人一前一后地穿梭着，其中一个身着美军 CP 迷彩作战服，佩戴着防弹背心，胸前倒插着一把 FOX 格斗军刀，这样放置最便于快速出刀进行格挡和偷袭。他的手持着一支 XM8 短版突击步枪，大腿根上的快枪套里插着一柄 GLOCK17L 手枪。另一个一身雪地仿生狩猎服，灰白相间的面罩只露出两个眼睛来，他的背后背着三把刀，正中一柄是把血红色的太刀，两侧斜插着大小相同的两柄肋差，在他的身上挂着大大小小的飞刀足足有几十支。两人一前一后快速地行进着，仔细观察就会发现，这两个人一定是经过了长时间的配合，每一步都相互协调，攻击也丝毫不会存在死角。

这两个人，是东影尘派到城外的陆群和苍蓝。

为了离开家，陆群刚刚和父母大吵了一番，当时苍蓝就站在他们家的门外，隔着防盗门，都可以清楚地听见屋子里激烈的吵闹声，还有东西摔在地上的声音。他当然不能进去，无论如何，陆群也不会相信自己的父母会允许一个装束看起来好像日本忍者的家伙走进自己的家门。

所以陆群现在的心情很不好，两个人在丛林里搜寻了一天也没有那个人丝毫的踪影，陆群的心情更加糟糕了。唯一让他感受到安慰的是，自己在短时间内不需要再回家听父母唠叨学习的事情。

陆群猛然挥起了手！苍蓝也随之停下了脚步。

一根经过伪装的绊索横在距离地面五厘米的位置上，陆群的脚迈过这根绊索，在即将落到一层薄薄的轻雪上时，他的脚突然定在半空中。陆群凝视着眼前那层薄薄的浮雪，略一思索，竟然直接一脚踏在地雷绊索上，然后蹲下了身子。那根绊索被他一脚深深踏进积雪里，却没有任何反应。

事实上，那个人孤身一人在丛林中行进，他根本不可能携带和布置出太多的诡雷，虚虚实实无疑是他必须要采取的心理战术。陆群伸手轻轻扫开积雪，从下面拾起一个灌满汽油，一脚踩上去一定会破裂的塑料袋。这只塑料袋上用透明胶粘了两张化学试验室里才会有的滤纸，陆群小心的把滤纸撕下来，随手把塑料袋丢到地上，又在上面补了一脚。

用酒精把氯化钾、白糖融解，把滤纸放到里面浸泡后再晾干，这样的滤纸一旦和混合了硫酸的汽油接触，就会燃烧，并产生爆炸。这算是一种最基础，但是在战场上令人防不胜防的地雷。地雷探测设备没有能力查到这种地雷，一脚踏上去，剧烈迅速的化学反应会让人非死即伤。

发现了对方设置的陷阱，陆群开始觉得这个人确实是一个高手，和他们一样的高手。同时，他和苍蓝也明白，他们距离目标已经不远了。两个人继续向前搜寻着，比刚才更加小心谨慎。

"嗖!",在踏过一丛灌木时,一根鸡蛋粗细,被人用力压弯的树枝猛地从灌木丛中弹起,就在树枝快速弹起的一瞬间,苍蓝左手一挥,血红色的刀光在空中一闪而逝,绑缚在树枝前端的一只矿泉水瓶竟然被他一刀斩断了瓶颈!

和瓶内汽油失去联系的瓶口在空中翻滚着,徒劳地喷出一条混合着白烟的火舌,高温熏黑融化了地上的白雪。

陆群小心地从雪中挖出一颗自制地雷,但是他并没有急于把那只罐头盒子拎起来,他手里的格斗刀避开那只罐头盒,再往下试探,果然格斗刀的刀尖又触碰到了坚硬的物体。

在一枚诡雷下面再安置另一枚诡雷,一旦对方拆掉上面的,以为万事大吉,抓着拆掉的诡雷那么一提,下面的就会被引爆。切断两颗地雷之间的引线,陆群继续刨挖,在把第二颗地雷周围的泥土全部刨开之后,他又用军刀向下试探,他带着"果然不出所料"的表情,又开始排第三颗雷。

陆群和苍蓝对视了一眼,脸上都露出了惊讶的表情,对方设置诡雷的经验已经超出了常人的忍耐力和心理承受能力。

陆群手里的格斗刀继续向下,在他挖出了第四颗诡雷时,两个人的后背上,已经禁不住淌下了冷汗。继续向下,终于没有了,两个人都长舒了一口气,陆群一口气把四个诡雷一起提了起来。"咔嗒!"突然,一道细微的金属摩擦声响了起来!

两个人迅速地向一旁弹跳然后卧倒,与此同时,一颗诡雷在他们身后被引爆了,一枚破片掠过陆群的面颊,留下了一道血口。两个人稍一思考，就明白了，事实上，陆群刚刚如果把手里的刀再多向下探哪怕几厘米，他就会再挖出一颗诡雷来。布置这个诡雷的高手，竟然拉长了引线，让前四颗和最后一颗诡雷拉开了一段距离。他对人的心理，已经掌握到了可谓是变态的程度，一个熟悉并掌握诡雷的战士，或许有耐心把子母连环雷一探到底，可是有耐心和意识在挖出最后一颗雷还把军刀继续向下深挖的人的确不会有几个！

他们输在了耐心和经验上。

排雷上会犯这样的错误，人生又何尝不是如此呢。在思维无法触及的未知当中，又有多少雷等着我们踩上去。

两个人迅速起身，他们明白，随着这颗诡雷剧烈的爆炸，他们的存在已经被对方察觉了。陆群把那四颗没有爆炸的诡雷布置在四周最好的掩体附近，然后把自己的身体缩进了一块雪窝，开始捡拾落叶枯枝对自己进行伪装。苍蓝则就近选择了一颗相对茂密的高树，翻腾几下就依附在一根枝权上，身体紧紧贴附着树干。他的双手，都闪出了飞刀来。

几百米外，那个身着 ACU 迷彩作战服的瘦高男人站起身来，抓起地上的军用十字弩，朝诡雷爆炸的方向窜去！

3

东影尘紧跟着章癫儒走进了学校，一路上学生都对他指指点点，东影尘没有理会他们，只是用余光扫了他们一眼。几乎就在那一瞬间，他们没来由地哆嗦了一下，好像在某个黑暗的角落，有一个恶鬼睁开了血红色的眼睛，狠狠地盯着他们看。东影尘显然没有意识到自己这种恶意，他好奇地望向章癫儒，眼中闪着质询的色彩。章癫儒笑了，笑得有些不怀好意，"他们可能是看你穿的太土了吧。"

"……"东影尘看着自己这一身好像要去参加户外探险节目的装束，实在无话可说。

"我先带你去宿舍，把床铺和东西收拾好，然后我带你转转学校。下午哲学系在第三教学楼有两堂课你可以去上，当然你也可以不上，据我了解中国哲学史的老师从来不点名。"

"这些我都没有时间！"东影尘毫不客气地否定了章癫儒的规划，"你去帮我把东西收拾好，过来把钥匙给我，顺便给我找一张学校的平面图，我就不跟你在学校散步了。实在没有时间，这个学校比我家那片新城区面积还大。"东影尘顿了一下，看着一脸不情愿的章癫儒，继续说道："最后，告诉我哲学系的学生上午的课在哪里上，还有多久下课。"

"已经下课了……"

东影尘这才想起来现在都已经过了十二点了，"中午几点下课？"

"十一点四十，就是刚刚。"

"离第三教学楼最近的食堂是哪个？"东影尘问了这么一句。

"你是想找到林玦吧？"章癫儒看穿了东影尘的心思，"我已经监控她好几天了，她一般都下课后就走一段路去一食堂吃饭，可能是那里吃得好一些，正常他们都会就近去四食堂。"章癫儒说完了又忍不住露出贱兮兮的笑容，"你还是为了撩妹吧？如果想监控她有我不就够了么？你非要来干什么？"

东影尘瞪了他一眼，"上次的袭击没有成功，如果目标真的是她，那袭击者还会出现的。对比你和那群人的战斗力，如果我不来，你就要求她来保护你了！"东影尘挖苦道。

"哦。"章癫儒觉得东影尘说得有理，尽管他总是隐隐觉得东影尘对于林玦有些关心的过度了，可是每次他拿这件事开玩笑，东影尘总是能义正词严地拿出准确的解释和合适的理由来。

"一食堂在哪？"

"从这里一直往前走就看到了。"章癫儒指着右手边这条路。

"哦。"东影尘不再多说，把自己硕大的背包递给章癫儒，扔下一句："事情都办完了到学校里找我，还有，到车里把我的家伙拿来。"就转身快步离开了。

"哎。"章癫儒叹了口气，"真是重色轻友。"

4

陆群和苍蓝紧紧盯着周围，他们在等待敌人的到来。东影尘反复警告他们不要打草惊蛇，可是对方将这片丛林布设成了自己的猎杀场！刚刚引爆了那颗诡雷的一刹那，两个人有些兴奋也有些紧张，终于发现了踪迹，但目标的实力似乎又不是他们所能够抗衡的。

一道身影迅速闪过不远处的树丛，苍蓝的瞳孔急剧收缩，他可以清楚地感觉到对方可怕的速度。陆群的枪口试图锁定那道身影，可是对方移动得太快了，他的手轻颤起来，他突然明白了东影尘所说的，"你们会死！"

陆群首先打破这种诡异的气氛，他手里的枪响了，几乎在一瞬间，他就打出了两个扇面，子弹倾斜过去，没有死角，在这样密集却又精确的扫射下，任何规避动作都失去了效果。然而，让人感到不可思议的事情发生了，那个人竟然倒翻一周，身体腾空而起，把子弹都甩在了下面。就在他身体达到协调的一瞬间，他手中的弩箭已经锁定了陆群。

轻微的金属撞击声，装有黑寡妇三棱箭头的弩箭发出尖锐的破空声，袭向陆群，苍蓝看清了他的动作，一扬手，三支飞刀已经脱手。"叮！当啷！"其中一支飞刀和弩箭碰撞在一起，都落在了地上。

因为这支弩箭，苍蓝也提前暴露了自己的位置，对方已经看见了躲藏在树上的苍蓝。又一支弩箭呼啸而出，苍蓝双腿一蹬，人飞下了高树，羽箭射中了他刚刚的位置，钉进树干足足几厘米，箭头完全没入，箭尾还在轻轻颤抖着。

仅仅是两支弩箭，陆群和苍蓝就完全被打乱了节奏，恐惧开始在他们的心中蔓延开来。

陆群已经扔掉了手里的枪，在这种情况下，面对这样的敌人，枪已经失去了作用，继续拿着它，只会拖慢自己的速度，死的会更快！陆群缓缓抬起手，从胸前的刀囊里抽出了格斗刀。

第三支箭已经落在弦上，那人再次锁定了苍蓝，不知道，这一次他还能不能躲过去了，苍蓝已经从背后抽出了长刀。

就在这一刻，双方的呼吸都停滞了。

猛然的一声枪响，打破了令人窒息的寂静。

第十章

1

一食堂里，东影尘端着餐盘，四处搜索着。最后，他在靠近窗户的位置看到了她。

东影尘安静地走过去，在距离林玦不足十米的地方坐下来，他没怎么吃东西，而是注视着林玦。她正和两个同学坐在一起，边吃饭边有说有笑。慢慢地，她似乎觉得有人在看着自己，于是抬起头向四周搜索着，最后她看见了一脸微笑注视着自己的东影尘。两个人的目光相对，林玦并没有奇怪，因为偷着看她的男生有很多。可是东影尘被发现了并没有像其他男生那样感觉到不好意思然后低下头，恰恰相反，东影尘还是那样看着她，脸上还挂着微笑。林玦脸有些发红，她刚想抛给这个人白眼，东影尘却站起来朝她走过去。林玦不禁有些慌了，她刚想站起来，东影尘已经从她旁边走了过去，

"原来不是找自己的。"她松了一口气。林玦不知为什么，总觉得这张面孔是那么的熟悉，一时间却又想不起来是谁。

记忆的流逝在不同成分上是呈现出不同的速度的，或许遗忘一个人，最开始是相貌，然后是声音，最后才是感觉。

2

上课了，但教室里来的人并不多，大概是这门课的老师太无聊的缘故。林玦扫视着周围，男生只来了一半，女生也缺了一些，自己的室友更是集体去逛街，只有自己坚持来上课。其实打心底里，林玦是不想来上课的，

就在这个时候，东影尘走了进来，老师已经到了，准备开始上课。老师看着他，以为东影尘是来蹭课的学生，甚至在想这个学生是不是第一次来上自己的课以至于不认识。

东影尘却走上了讲台站在离老师不远的位置上，脸上扯起一个大大的笑容："老师，各位同学，大家好！我是新交流来的同学，我叫张伟。"他用了假的名字。因为接下来要和这个班的学生住在一个寝室，每天一起上课，他只能这样说。而张伟这个名字，在全国的使用率高得惊人。概率越高的事情，越不会引起人们过多的关注。

林玦听见了这个声音，它是曾经穿过耳畔在脑中停留过的，于是抬起头，她的眼睛碰上了东影尘的笑容，然后和东影尘对视在一起，她突然发现东影尘在看她。林玦惊讶得差

点叫出来，这是刚才食堂里遇见的那个人，而且她突然想起来了！熟悉的面孔，熟悉的声音！是他！

老师点了点头，算是明白了，同学们看着这个新来的同学，个子不高，面孔清秀，笑容里却带着阳光一般，明亮的眼睛里似乎有种东西，但他们不知道那是什么。东影尘中午在学校附近给自己换了一套衣服，一身黑红相间的运动服，脚上换了一双黑色户外高腰皮靴，这些让他看起来像一个"正常人"了。

林玦那里有一个空出来的位置，东影尘径直走到了那里坐下来。林玦的心突然紧张起来，可是东影尘好像不认识自己一样，他仅仅是对自己笑了一下，然后就开始"听课"。

"诶。"林玦拉了拉东影尘的袖子，小声招呼他，"怎么是你？"

"我来上课啊。"东影尘的声音有些慵懒。

林玦看着他的笑容，甚至怀疑自己认错了人，上一次见到东影尘，他眼里的杀气凌厉无比，而现在东影尘的眼神里充满了柔和。她突然不知道该说什么了，顿了好一会，说道："上次真的很谢谢你，要不晚上我请你吃饭吧？"

东影尘听着她如同银铃一样的声音，点了点头，"行……"

3

　　她静静地趴在草丛中，撞针击中底火发出的巨大爆裂声依旧在她的耳边回响。她在这个位置趴了足足半个小时，只为开出这举足轻重的一枪。轻轻呼出的哈气在冰冷的空气中凝结，粘连在她漂亮的眉毛上。

　　她可以确认自己击中了对方。

　　子弹出膛的那一瞬间，她的思绪追逐着子弹，飞回了一年前的夏季。

4

　　靶场上。

　　她还是这样静静地趴着，各种枪械射击发出的声响通过空气和地面，震颤着在耳边回荡。她的手里是一支国产退役的81式自动步枪，她犹豫了一会儿，歪着头看了看周围的人，然后把目光对准了一百米外的靶子。她的视线穿越照门，准星，慢慢锁定了靶心。

　　"啪！啪！"清脆的枪声响了起来，点射的节奏十分稳定。她的每一枪都携带着强大的自信，子弹似乎追逐着靶心飞行。

　　"整个靶场里只有你一个人会用枪。"一个淡淡的男声在她身后响了起来。声音并没有压低，周围的几个人都听清了这句明显是在卖弄的话，纷纷扭头看向那个说话的人。那是一个大男孩，穿着一身 AP 仿生迷彩服，不长的寸头显得整个人干净利落。

女孩子站起身来，望着那个大男孩，"只有你一个人会用枪。"她在嘴里念叨着这句话，觉得怪怪的，真不知道这个人是在夸赞自己还是在讥讽自己。她仔细观察着他，他的手掌上布满了硬茧，右肩和右胸肌之间存在明显的畸形，最后她的目光在对方的眼睛上停留下来，那是一双狭长的眼睛，有一种凝聚的锐利。她瞬间就明白了，这是一个精通枪械的高手，手上的硬茧自然不用多说，他肩膀上那个凹陷是长期射击，抵住枪托后坐力形成的。

"喏！"她将手里的枪递给了对方，"你来试试！"

男孩接过了枪，他的手在枪身上抚摸着，好像抚摸自己的挚爱一样，那一刻开始他的表情变得无比专注。

他微微弯下腰，从地上摸起了三枚弹壳，单手猛地一震，枪在裤腿上一搓，就卸下了弹匣，手臂顺势一捞，把枪夹在了腋下。"叮当！叮当！"他的拇指拨弄着，子弹一颗颗跌落在地上，当弹匣里只剩下三颗子弹时，他嘴角露出微笑。

"咔嚓"一声，他单手便安上了弹匣。周围的人看着他如同变魔术一样的操作，都被他的轻松写意吓住了，本来已经到了嘴边的谩骂又收了回去。

"瞪大眼睛看清楚了。"他轻声对她说了一句，周围的其他人似乎都不在他的眼中。话音刚落，三枚小巧的弹壳已经被他向前抛飞起三四十米高！"原来只是点射运动目标！"女孩子的心里这样想着，脸上露出不屑之色。然而接下来那个人的动作让所有人都目瞪口呆！

他整个人就好像一头迅猛的猎豹突然向前冲刺，看着他变态的速度，几乎每个人的脑子里都产生了相同的想法：这个家伙，他不是人！

"啪！"

超高速的运动当中，他手里的枪响了！空中的一枚弹壳被瞬间击中！女孩完全傻掉了，她虽然不明白这里专业的技巧，但她已经被深深地折服了。事实上，他刚刚完成的动作，是运动射击中最难的！他只有在弹壳上升的动能和地心引力达到平衡点，弹壳在空中处于悬浮状态的那一瞬间扣动扳机，才能击中目标！这已不仅仅是运动射击中的巅峰之作，更融合了一名超级神射手把握全局，并做出迅速分析的可怕的计算与协调能力！

在射出第一发子弹的同时，他整个人向地面扑去，在身体接触到地面之前，就猛然缩成了球状，凭借高速运动携带的巨大惯性，在地上迅速翻滚出接近十米远，就在这个动作完成的过程中，他手里的枪再次响了起来！

"啪！"

又一枚弹壳被击中！在这样高速运动并做出这样高难度的规避动作和假动作的同时，他竟然还通过调整身体的重心，让身体完全违背物理规律，任何狙击手看到这一幕，都只能摇头叹息，即便是在百米内的距离上，他们甚至都无法击中这个目标！然而更让人感到不可思议的是，他在这种情况下还能完成最高难度的射击！

滚进了一个视野良好的隐蔽位置，他身体猛然弹开，完成了一个完美的跪姿，照门，准星和目标，瞬间形成三点一线。最后一枚弹壳距离地面已经不足五米了！

"啪！"

最后一枚弹壳被子弹击中了！

四周一片寂静！

他从地上直起身体，走到她面前，"你明白了么？"

"嗯……"她嘴里"喃喃"着，点了点头……又突然觉得自己并不明白这里面的技术，摇了摇头。

东影尘第一次，就以那样不可思议的姿态出现在她的生活里。

5

一颗十二点七毫米大口径子弹，击中了那人，射穿了他手里的弩弓后改变方向，又继续擦过了他的右臂。弩箭被轰碎了，大威力的子弹在他的手臂上生生撕扯下一块肉来！

足足四百多米之外的一处树丛中，一阵硝烟升腾起来。陆群和苍蓝听见了枪声，是巴雷特 M82A1，他们明白了。就在枪响的一刹那，陆群翻滚后拾起了突击步枪，对着那个方向把剩下的全部子弹都倾泻过去。苍蓝动了，他以常人无法想象的速度快速向前移动着，同时手中连续甩出了五支飞刀和那两柄肋差，血红色的太刀已然出鞘在手！

他真的感受到了死亡的威胁！

被狙击步枪击中的一刹那，他就意识到，有另外一个高手参加了战团！这个狙击手隐蔽气息和伪装潜伏的能力实在是太强了，对方在自己附近潜藏了这么久，直到最后发出近乎夺命的一击，自己才察觉到他的存在。

他快速向一旁翻滚跳跃着，随后，密集的弹雨就覆盖过来，七把刀先后追逐着自己，其中一柄肋差划过了他的肩头插在身边的雪地上，鲜血顿时染红了白色的地面。他深深地明白，现在轮到自己逃命了。

苍蓝停下了脚步，他不能再追了，这片林子里到处都是猎杀陷阱。陆群这个时候已经追了上来，望着那人消失的方向，"就这么放他走了？！"

"我们不能继续追了，这里到处都是他布下的陷阱。"

"对了，刚刚那个狙击手……"

"是她。"

"我也觉得是，可是我哥没说过要让她来啊？"

"他一定是怕我们两个吃亏，就让她悄悄跟来了。"

"嗯！应该是。"陆群点了点头，表示赞同这种说法。这个时候，他紧紧盯着一百米外突然冒出来的身影。

那是一个身材高挑的女孩子，看起来年纪和他们差不多大，白皙的脸上还刮擦着泥灰用来伪装，及腰的长发被她扎成马尾塞进了衣服里，她的眼睛很大，里面透着让人看不清的色彩。长而笨重的狙击步枪在她手里显得很庞大。她朝陆群和苍蓝走过来，面无表情。

"嫂子！"陆群喊着，"你来干什么？"

西风林已经走到了跟前，先是白了陆群一眼："说了多少遍，别再喊我嫂子，我和你哥不是那种关系。"她这样说着，心情却不免低落起来，但她瞬间调整至正常，继续说道："我来干什么？我不来你们两个就挂了！"西风林又补充了一句："东影尘说怕你们两个人对付不了，就让我跟来看看。"

"你们学校不上课的么？"陆群首先想到了这个问题。

"我请了假，说我爸生病了，需要回家。"西风林解释道。

西风林是省医科大学大一的学生，东影尘去年去参加市里真人 CS 对抗赛的时候遇见了她。这个女孩居然对军事感兴趣，于是两个人渐渐成了朋友后来关系越来越深，她主动向东影尘请教一些专业的知识，东影尘也愿意教她。有一次东影尘突然告诉了她自己的身份，她也就随之参与进来了。对于这件事西风林自己也一直很奇怪，东影尘从来没对任何人有过这样的信任。

男女之间的关系，往往上很难捉摸的。而复杂的原因，便在于，随着社会道德价值体系的建立，人们更愿意隐藏自己的情欲，并给它穿上各种各样的外衣。

"我们回去吧。"苍蓝说道,西风林冲他点了点头。

"回去?回哪去?"陆群发问。

"我要回学校了。"西风林说了这么一句。

"我们就这么回去了,刚刚被那个混蛋打的那么憋屈,现在我们就这么放过他了?"陆群还是不甘心,他现在很想把那个家伙大卸八块。

"东影尘说过了,不让我们动手,现在他已经发现了我们,我们再继续追下去,也没有什么意义了,还会造成没有必要的伤亡。另外你想想,刚才我们虽然没能杀死他,但至少击伤了。你想想,受了枪伤和刀伤,这样的天气,他能在丛林里坚持多久?"

"他一定会进城找医院治疗的!"陆群明白了。

"找医院倒不一定,可是他至少要到市区里买到药才能治伤。不管他怎么样,只要他进城,我们就不难找到他。"

陆群点了点头,三个人迅速消失在丛林里。

第十一章

1

下课了，学生三三两两地离开教室。

整整一节课，两个人都没有好好听老师讲课。东影尘听了一会，也终于理解了这些要么趴着睡觉要么拿出手机玩的年轻人，这个老师并不称职，他只是拿着书照本宣科。

其实东影尘可以理解这种情况，许多大学老师和我们这些年轻人并没有什么两样，他们并没有阅读和思考的习惯，自然也没有演讲的能力和热情。教师，对于他们来说只是一个用来养家糊口的职业。

林玦第一次没有睡着或者是拿出手机来聊天追剧，东影尘的话彻底吸引了她。

东影尘说："哲学不应该被当作一团互相征伐的思想，哲学史的确是一个战场，但是真理始终在不断同自己作战，

并且不断实现胜利和超越。我们应该承认真理只有一个，而不应该凭借不同思想表面上的逆反就妄下真理不可知这样的断言。就如同，你能承认世界上没有唯一一个自我吗？即便人在不同的每一刻的自我都有可能是相互矛盾的存在，可这是因为自我在不断变化和成长。真理也是如此。"

林玦虽然学习哲学系，可她是被调剂到这个专业的。有思想的人自然而然便会博得其他人的尊重甚至嫉妒，因为大多数人并没有思索的习惯。最常见的懒惰并不体现在肢体上，而是体现在思维上。

她听东影尘说着，看着他丰富变换的表情，神采奕奕的眼神，她自己是不会这样的。

她突然觉得东影尘那么孤独。

那是一种渗透到人每一个神经当中的孤独，就好像病毒一样，侵入人的身体，随着年月逝去渐渐深入骨髓，迅速地病变着。仿佛他每一个动作，都承受着刺骨的疼痛。东影尘谈笑间，林玦却分明在他眉宇之间察觉到了若有若无的痛楚和挣扎，他身体的每一个部分都阴冷无比。她好像看见东影尘正迎着刺骨寒风行走在黑夜里，一种孤星都远离他的无边无际的孤独席卷而来，而他的灵魂就在这浩瀚广袤的寂寞里暗自生长，甚至有些扭曲。

"他的朋友应该很少吧。"东影尘的脸上仍然挂满了温和，善意，他的眼睛散发着迷人的气息，稍有些紧身的上衣勾勒出他结实的肌肉轮廓。其实这样一个青年应该很受欢迎，可是林玦还是这样想着。不知道为什么，他在东影尘身上感受到了令人压抑的死气。眼前的这个人，好像在很久以前就死去了一样，就像一个孤独的死小孩。

孤独的死小孩，连怀抱温暖的能力都没有，或许没人能忍受他们身上偶尔散发出的恶寒。

林玦把这些装在心里，她想过要和东影尘说出来，犹豫了几次还是放弃了。

东影尘突然直视着她的眼睛，"觉得我不正常，对吧。"他这样问着，嘴角扯出了一个微笑。

"没有啊！"林玦也笑了，两个人的目光重叠在一起，她套用了动漫《言叶之庭》里雪野的台词："所谓人类，多多少少都有些不正常。"

东影尘笑了，没有说话。

林玦思索着，不知道在想些什么，突然说："隐约雷鸣，阴霾天空，但盼风雨来，能留你在此。"

东影尘听见这句莫名其妙的话却没有惊讶，而是回应道："隐约雷鸣，阴霾天空，即使天无雨，我亦留此地。"

"我亦留此地……"林玦沉吟着，她有些惊讶，没想到东影尘居然也看过。

两个人对视在一起，都禁不住突然笑了，他们都觉得此刻的自己，又回到了高中时代，仍旧那么幼稚。

幼稚在某些时候，反倒会成为难能可贵的品质。

"即使天无雨，我亦留此地。"

可是很多时候，风雨过后，该离去的还是不会留下。

2

晚上的学校褪去了白天的色泽，除了 CBD 中心商务区还星星点点点缀着灯火以外，其他的路上，就只剩下昏暗的路灯在漫无边际的黑夜中挣扎。

东影尘刚刚回到大学城，和林玦一起。

两个人的确去吃饭了，两个人从下午上课一直聊到了现在。可能对于男女来说，吃饭只是依托，借机加深彼此的了解，享受异性相吸带来的放松时光，才是真正的目的。

目送着林玦走进公寓楼，东影尘的神色恢复了往日的凝重。在鬼鉴岚的教导下，东影尘能够随意切换自己的身份，他在林玦面前表现出来的，其实是家破人亡，成为杀手之前的那个东影尘，谈吐自如风趣，内心敏感而又丰富。但是他不知道，尽管他极力掩饰，林玦依旧在他的身上，感受到了刺骨的恶寒。

自始至终，林玦只提起了一次那天发生的事情，并请东影尘吃饭表示感谢。可是关于东影尘为什么会救她，为什么会出手就是死伤，后面出现的那些人是谁，东影尘的身份，他们的身份，她丝毫没有询问过，似乎是刻意回避了。东影尘还没有想清楚为什么，人的好奇心同样是一种欲望，无穷无尽。他只能暂时把这解释为林玦害怕尴尬，然后把这个问题先存放起来。

"嘿！"后面响起了熟悉的声音，章癫儒一巴掌拍在他的肩膀上："第一天就一起回寝室了？你挺直接啊！"

"没有，她请我吃饭去了。"东影尘若无其事地说道。

"可以啊！"章癫儒没想到会发展得如此之快，"怎么做到的，能不能教教我。"

"她说是为了感谢上次我救了她。"东影尘的语气很敷衍，看起看并不希望继续这个话题。

"好吧。"章癫儒很识趣，"喏！"章癫儒把一个黑色的长帆布包递给了东影尘，"这是你的东西，寝室的钥匙被我放在里面了，我去看过，你的室友都出去了。对了，陆群，苍蓝他们回来了。"

"回来了？他们有发现了？"

"应该是，具体的他们也没和我说。"

"告诉他们明天早上七点到这里找我吧。"东影尘已经猜了一个大概，不过究竟具体发生了些什么，也只能当面问陆群和苍蓝。

"好的，那我回寝室了。拜拜。"

"再见。"东影尘说完朝着公寓楼里面走去。

一推门，一股男生寝室独有的味道扑面而来，现在的年轻人大多如此，因为水平有限的家庭教育只能把注意力放在功利性的内容上。

当然，对于东影尘这个有轻微洁癖的人来说，这是绝对不能忍受的。东影尘清扫了桌上和地下的瓜子皮，倒掉垃圾，把地拖了一遍，然后把自己的行李物品规整到固定的地方。这是一个四人寝，东影尘被分在了靠近窗户的位置，他对这个位置很满意……

他没有什么东西，床铺已经被章癫儒布置好了。他坐在椅子上，打开帆布包，把里面的东西一样一样的拿了出来。先是一个一米多长的弓包，占据了几乎全部的空间，接着，东影尘又从里面掏出了一柄巴克夜鹰650格斗刀。最后他拿出了一根钢制带有锯刺的绞索和一个小金属盒子。

东影尘先拉开了弓包上的拉链，取出了弓身，减震器，全息瞄准器，跌落箭台，两组二十四枝可以更换箭头的箭，复合材质的箭壶，除此之外，还有一小包六角扳手和螺丝。

东影尘很快就把弓组装了起来，在弓弦上打了弦蜡。他打开了那个小金属盒，里面放着一共三十个箭头！

它们在灯光下发出幽兰色的光芒，显示出无与伦比的巨大杀伤力。十二个红魔箭头，十二个三棱黑寡妇箭头，东影尘把它们分别装在了箭杆上，放进了箭壶里。剩下的六个箭头，三个是铜哨，用来发信号或者吸引敌人的注意力，另外三个箭头分明是鸽子蛋那么大的榴弹！东影尘把它们放回了金属盒。

这个时候，响起了钥匙开锁的声音，东影尘知道自己的室友回来了，他把弓箭还有刀什么的一股脑锁进了柜子里，这些杀人工具，是绝对不能被他们看见的。

门开了，发出刺耳的吱哑声。

祁文磊最先看到了东影尘，立刻热情地走过去，"你就是新分来我们寝室的吧？我叫祁文磊，和你的床对着。"

"我叫胡明浩，住那个床。"他指着同样靠窗的那个铺位，笑着说道。

另一个家伙没有睡觉，脱下了外衣，准备打开电脑，气氛一时有些尴尬。祁文磊笑骂着："今天你就少打一会联盟，寝室来新的同学了。"那家伙有些不好意思地笑了，走到东影尘跟前说："我叫宋鑫。"

"哈哈，我叫张伟，有空请你仨吃饭。"东影尘伸出手拍了拍宋鑫的肩膀。祁文磊问："你也是哲学的么？"东影尘点了点头。

"这个混蛋一开学就转到经济去了。"胡明浩朝着祁文磊努了努嘴。几个人在一起说笑着，只有宋鑫好像不太愿意说话，静静地打开电脑开始玩游戏。"你又玩上啦？"祁文磊的语气听起来好像不敢相信的样子。胡明浩说了一句："真是哗了狗啦！"后来东影尘知道了，这句话是胡明浩的口头禅。

可能是因为考虑的因素相对较少，年轻人互相熟悉的速度是很快的。

他们嬉闹了一会儿，就各自干各自的了。宋鑫依旧在打他的游戏，祁文磊不知道在和谁打着电话，浓浓的河北口音让东影尘听不清说的是什么，胡明浩打开电脑放着一部很老的港片，同时拿着手机和女生来回发着语音。东影尘觉得有些吵闹，于是插上耳机，开始循环播放歌曲。

音乐在东影尘耳边反复回响，东影尘从书架上抽出一本书来看。盯着书本旧得有些变色的封皮。他的心绪，又一次跳回了从前……

3

"喏！"这个给你，鬼鉴岚不知道从什么地方翻出了一本破破烂烂的书来。

"哦。"东影尘接过了这本书，用手拂去封皮上厚厚的灰尘，这样他才能看清上面的字。

《死亡大辞典》，东影尘看得一愣，他没想到还有这样的书。莫名的，他开始觉得这本书一定又和鬼鉴岚那些血腥肮脏的勾当有关。东影尘刚刚准备把书递回鬼鉴岚的手里，鬼鉴岚就已经发话了，"三天之内，你必须认真地看完这本书。而且对于里面的每一种死亡方式和死因你都要了如指掌。然后你要开始把自己代入其中，如果你杀死一个目标，需要怎么做，能让尸体被判断为这其中的一条。"

东影尘听了，又一次愣住了，随即脸色露出了那已经惯有的鄙夷的表情。

或许是看出了他的不情愿，鬼鉴岚冷笑了一声，"你忘记我昨天说的了么？"

东影尘很清楚地记得那句话，"仁慈，是需要资本的。"

可是他天性中过于善良，过于软弱的东西，让他不敢于面对那样残酷的事实。仅仅是训练过程中，他的精神就近乎崩溃了，东影尘无法想象，如果真的让自己向那些活生生的人挥下屠刀，他是不是会立刻疯掉。

东影尘硬着头皮把书翻开，他并不是刻意的想要违抗鬼鉴岚的命令，他只是禁不住的恐惧。鬼鉴岚以前曾经警告过他，可是他借着仇恨下定了这样的决心。他害怕，自己会成为某种永远不会再被世俗认同的东西。

这本书老旧的程度让鬼鉴岚怀疑，鬼鉴岚甚至不会是它的第一任主人。印刷于一九八三年，那个时候，才刚刚改革开放不长时间，这本书应该第一次在中国被印刷销售。硬质书皮几乎碎裂了，被人用透明胶粘连在一起，可能是鬼鉴岚。整本书足足有一本牛津大词典那么厚，里面的纸张已经泛了黄页。

"交通事故，汞中毒，心脏病复发，触电，心脏超负荷猝死……"接二连三的各种各样习以为常或是光怪陆离的死亡方式掠过东影尘的头脑。其实，一个人如果仅仅从保护生命安全的角度来看这本书，他顶多只能把这本书定义为学术类百科全书一样的东西。可是想着鬼鉴岚刚刚的话，东影尘把它们逐一代入各种鬼鉴岚曾经教过自己置人于死地的手段。当初鬼鉴岚拿给他战争心理学，行为心理学，犯罪心理学，生理学以及内科医学和解剖学的书籍，让他研究甚至背诵的时候，他还没有意识完全到，所有的那些，都是在为现在的这些做准备。

东影尘甚至产生了一种近乎悔恨的情绪，他开始后悔答应做鬼鉴岚的徒弟了。这样的人生，就真的是自己想要的吗？他现在真的觉得，当自己掌握了着所有的一切，真的会天地皆怨鬼神共弃！

"师父……"东影尘沉吟着，"我现在……可以放弃么？"

鬼鉴岚脸色居然突然间多出了一股无奈，竟还夹杂着一丝欣慰。他声音低沉极了，"你不想再坚持下去了？"

东影尘的脸上痛苦和愧疚交织，撕扯着，挣扎着，交互碾压着东影尘尚未成熟的心脏。最后他用力咬合自己的牙齿，发出"咔嚓咔嚓"的剧烈摩擦声，然后木然地上下晃动自己的头颅。

"哦。"鬼鉴岚的声音很淡，"那你明天离开吧！你现在已经拥有保护自己的能力了。给自己重新造一个身份，读书，工作，都可以。"

东影尘从来没有在鬼鉴岚的脸上见到过这种表情，像是面无表情，却又带着复杂的东西。他所认识的，熟悉的鬼鉴岚，要么顽劣，要么冷漠。而现在，他在看不清鬼鉴岚到底是什么情绪。

他怯喏着，双唇禁不住颤抖，"师父，对不起……"他已经跟随鬼鉴岚学习了一年多的时间，他已经把鬼鉴岚当成了近乎父亲一样的存在。

"没事，挺好。吃饭吧。"鬼鉴岚深深地看了他一眼，转身朝厨房走去。

那天晚上鬼鉴岚第一次下厨，给东影尘做了面。

4

"咔嗒，咔嗒。"耳麦里响起了这样的声响。

终于来了！东影尘目送林玦走进公寓楼之后，在女生住的三公寓楼的门口侧门上安装了一个窃听器。刚刚耳麦中传来的，就是门锁被强行切断发出的声音。他们果然选择从侧门进入！

根据东影尘的判断，正门上是电子锁，晚上会自然关闭，需要里面的门房用遥控器才能打开，而侧门是一道死门，早已经不再使用，上面拴着一道锈迹斑斑的铁链锁。如果换做是东影尘，也会选择用强力剪把锁钳断进去。至于他们为什么一定会走门而不是走窗户，东影尘更是在仔细观察过公寓楼的建筑构造和林玦寝室的位置后，得出了确切的判断。林玦的位置是在楼里侧，如果想从窗子进去，就需要经过寝室楼环成的院落，而那里都是监控摄像头，掐断它们同样要进入寝室楼，这样的话还不如直接从门进去。

这伙人到这里绑架林玦，却没有想到，他们的每一步，都被东影尘算得死死的！

东影尘从床上下来，顺着窗子看去，四个黑色的身影在女生公寓楼的侧门那里，其中一个已经打开门轻轻地走了进去。东影尘的嘴角露出一丝他自己都没有察觉的诡异的笑容，悄悄地打开了柜子，从里面取出了那把弓提在手里，拎出箭壶挂在背后，至于刀和绞索早就已经挂在他的腰带上。

第十二章

1

东影尘打开窗子看了一眼下面，那几个人已经进去了，他纵身一跃，竟然直接跳下了三层高的公寓楼！他停在了楼前，把身体掩在楼前的树丛中。他在等！他在等对方成功破坏掉整栋楼的供电系统，这样所有的监控设施就失去了作用。果然不出所料，仅仅不到五分钟的时间，整栋楼仅剩的几个亮光也消失了。楼内的配电室，一个全身黑色作战服的男人把嘴贴近对讲机，"老大，你们可以行动了！"

东影尘朝公寓楼环成的院落那里奔去，监控设施已经被破坏掉，他可以从窗户进去了！东影尘来到楼后面，向上猛然用力弹跳，手指脚尖都扣住了墙体表面上那些突出的部分。他好像壁虎一样，紧贴着楼房表面快速地爬行着，仅仅不到十秒钟，就爬到了四楼卫生间的窗户前！

东影尘抽出腰间的格斗刀，朝窗户的把手上用力捅去，复杂的窗户瞬间被他以声音最小的方式破坏掉。他打开窗子跳了进去，冲出卫生间袭向林玦的寝室。对方走的是楼梯所以速度明显要比东影尘慢了不少，东影尘到达那里的时候，刚好看见其他三个杀手出现在楼梯口上，他们的手里都提着消声手枪！东影尘不禁有些疑惑，仅仅是为了对付一个手无缚鸡之力的女孩子，对方竟然两次使用枪械。

三个杀手快速而悄声地移动着，他们的动作迅捷而灵巧，显然都是高手。

东影尘已然出现在他们身后。

他们距离林玦的寝室门口已经不足五米，东影尘从箭壶里取出两支箭，将其中一支搭在了弓上，瞄准了最后面一个人！

"嗖！"细微的破空声响起，第一支箭竟然穿透了最后一人的脖颈，钉在了前面那个人的头上！一支箭，两个人！仅剩的一名杀手反应过来，还没来得及转身，东影尘的另一支箭已经离弦，他的心脏被瞬间钉穿！东影尘杀死这三名杀手，仅仅用了两支箭，连枪都没有开！

他拔出了两支箭放回箭壶里，把那三具渐渐冰冷的尸体留在了走廊里，鲜血缓缓流淌在地面上，用另一种常人难以接受的方式诉说着死亡。

供电室里，那个杀手还在焦急地等待着，已经超过十分钟了，老大他们还没有回来！他再次对着对讲机里呼叫着，可是没有丝毫回应，他的心里渐渐升起了一种冰冷的感觉。

突然，一只有力而又灵巧的手扣住了他，五指死死扣住了她的下颌和人中穴，就像钢爪一样几乎要扣进他的身体里去，一时间，他居然失去了反抗的能力。

一把锋利的格斗刀狠狠划过了他的咽喉，鲜血溅射出去，这个人嘴里尝到了血的甜腥。他渐渐意识到，自己的生命正在以极快的速度流失着。东影尘来了，用格斗刀割断了他的喉咙！

东影尘从一开始，就把这四个人的行动过程完全掌握了。对方破坏供电设施后开始了行动，而他也开始了行动。没有了监控设施，他可以随心所欲地对对方展开大肆地杀戮！他没有留下活口的打算，同样身为杀手的他深深地明白，作为一个受雇杀人的杀手来说，不可能知道什么有用的信息，甚至不可能真正知晓幕后的雇主是谁。既然雇佣别人杀人，那就是为了让自己完全站在幕后，这些雇主不会向受雇对象透露自己的信息的。

而杀手也深深地理解这一点，不会对雇主多加询问，他们需要做的，仅仅是抹杀掉指定的目标，然后等待有人把余款打进自己的账户里。这已经成为杀手界不成文的规定。就连东影尘，也十分严格地恪守着这项规定。

重新顺着窗子，东影尘回到了寝室。离开那个杀戮现场之前，他还没忘了收走窃听器。几个室友睡得都很死，没有人察觉到他离开过寝室。东影尘坐在床上，全无睡意。估计再过一段时间，有人醒来发现那些尸体，就立刻会有警察包围这里。这正是东影尘想要的结果，不管雇佣杀手的人是谁，一旦警察介入了，这件事也就被摆到了台面上。这个时候，不管对方多么想躲藏在幕后也都不可能了，他们一定会有所动作，这个时候，东影尘也就真正找到了弄清这件事的机会。

不过唯一让东影尘无法预料的是，最终的结果，让他宁愿自己永远都不知道真相！

2

清晨，比起夜晚，多了一些清爽的气味，东影尘一直醒着，他静静地躺在床上，眼睛死死盯着天花板。其他几个人都在睡着，鼻间响动着慵懒的呼噜声。猛然间，一阵刺耳的警笛声撕裂了宁静，闯进人们的睡梦里。公寓楼的所有学生几乎都被吵醒了，他们纷纷爬起来，东影尘仍然躺在床上，他知道，一定是有人发现了那几具尸体然后报警了。

确实，整件事的每一个步骤都按照他的设想严密地进行着。凌晨时分，照例在学生起床之前打扫公寓楼卫生的大妈在四楼的走廊里一眼就看见了三具尸体，鲜血已经干涸了，尸体也早就冰冷下来。大惊失色之下，她总算恢复了镇定，迅速地找到了楼下的舍管，他们没有任何犹豫就拨打了110。听他们说完了案情，警局也感到了事情的严重性，以最快的速度派出了刑侦组。

最恐慌的还要数四楼几个寝室的女同学，昨天夜里竟然有三个人被杀死在寝室门外。而更加可怕的是，这三个人死的时候，没有发出丝毫的声响，她们还在睡梦之中。林玦也同样被吓坏了，她心里隐隐地明白，这几个人，是冲着自己来的！而东影尘在这个时候突然成了自己的同学，她已经对整个事情有了一定的猜测。

警察很快就封锁了案发现场，并对整栋楼进行了细致的搜查，不出东影尘所料，他们同样在供电室里发现了那具尸体。

整个现场的勘察仅仅进行了一半就停滞不前了，四具尸体都是一击致命，其中三个，显然是被弓或弩箭射穿了要害部位，而那个在供电室发现的人，竟然是被人用短刀像杀鸡一样，慢慢割断颈部大动脉，全身的血液以每秒钟八十三点三毫升的速度向外飚射，在短时间内失血过多而死亡，他咽喉上的伤口就好像是用尺子卡着画出来的一样，线条整齐而又流畅。这说明杀人者在杀人的时候，真的就好像在杀鸡一样，他的手连颤抖都没有颤抖一下！

然而令刑警们感到棘手的是，杀人者应该是在电被断掉以后才进入了楼内，在监控完全失效的情况下杀死了这四个人然后扬长而去。根据他们对靠近案发现场那几个寝室里女学生的询问来看，整个案发的过程中，杀人者从出现到杀人再到离开，自始至终都没发出哪怕任何声音，他就像一个幽灵一样。而最让刑警们疑惑的是，被杀的几个人手中持枪，又断掉了电，显然是要对这里的某个学生动手。他们在断掉电之前的监控录像还存留着。而凶手丝毫没有出现在录像中，显然是在断电后进入的楼内，也就是说，他和这四名死者进入公寓楼的时间至少间隔了五分钟。可他却又提前于这几个人来到四楼，等他们出现才动手的。那么他究竟是怎么进入这栋楼的呢？如果同样从楼门走进来，是完全来不及的。至于窗子，没有人看见，也只能是一种猜想。

东影尘杀死了四个人，却没有留下任何痕迹！

学校的领导也都已经到了，有接近一半的学生都在大学城的院子里好奇地议论着。东影尘和他们寝室的其他三个人也站在这里。祁文磊大呼小叫着，把三个人都拉了下来，这样的事件，往往最能够刺激这些过着麻木单调生活的大学生。不大的院落里一时间显得十分拥挤，警察和学校的领导正在低声交谈着，学生们争抢着拥挤在前面，想要满足更多的好奇心。几辆警车轰鸣着停靠在楼前，到处都是忙碌穿梭的警员。现在天已经大亮了，阳光反射在玻璃窗上，刺向每个人的双眼。

陆群和苍蓝到的时候，看到的就是这样一幅景象。他们完全被眼前的情况搞蒙了，陆群心里判断这眼前的情况，嘴上忍不住开始飙烂话："这么多条子啊！苍蓝你说会不会是我哥被抓起来了……"

"别扯淡！"苍蓝骂了一句，随后从口袋里掏出手机拨通了东影尘的电话。

"你们来了？哦，我看见你们了，站在那里不要动！"东影尘说着，朝着站在大学城门口的两个人走过去。

东影尘找到了两人："走吧，我们换个地方说。"

东影尘带着两人走出大学城，穿过公园进入学校，他给章癫儒打了一个电话，"到一食堂找我。"

"对，现在。"

3

一食堂里，四个人坐在一起。

"我靠！你在我们学校里杀……"章癫儒还没有说完，就被东影尘捂住了嘴巴。章癫儒降低了声音，"你就这么在学生宿舍楼里把他们杀了！"刚刚陆群和苍蓝也听东影尘讲完了这件事情，他们也不太明白，东影尘怎么会选择在人群如此密集的地方杀人。

东影尘点了点头，说了一句，"而且你要想办法，让这件事上新闻！"

"你说啥！"章癫儒几乎疯狂了，"你要把我们学校搞黄啊？"

"我要把幕后的主使逼出来！"他们都瞬间明白了，这或许是最好的方法了。如果仅仅依靠不断的调查，就好像大海捞针一样。章癫儒冷静下来，点了点头，"没问题。"

"西风林把情况都和我说过了，他确实很强。你们要做的，是进一步追查他的下落！"

"嗯。"陆群和苍蓝点了点头。

"他确实很强，我可以感觉得到，他似乎对于剑道和忍术的攻击方式十分熟悉！"苍蓝说道。

"而且他的诡雷设置的十分精巧！"陆群补充着，"他是特种作战的专家！"

"所以你们接下来要更加小心！不过我觉得你们接下来的追查应该不会那么困难了，毕竟他受了伤，实力要大打折扣。而且一个受伤需要治疗的男人，在城市里目标应该十分明显。我还是那句话，你们发现了他也千万不要动手，立刻告诉我！"

"好的。"两个人都点了点头。

手机铃声响起，东影尘拿起电话，看着来电显示上那个名字，嘴角露出笑容，他已经预料到了。

接起电话，里面传来女生好听的声音，"是我，你现在在哪？没事的话我去找你行吗？"

"我在一食堂，你过来吧。"

东影尘放下电话，几个人都用怪异的眼神看着他。东影尘被看得有些发毛，"你们干什么？"

"刚才那是？"陆群询问着，脸上露出暧昧的笑容。

"林玦给你打电话做什么？"苍蓝问了一句。

章癫儒看着东影尘脸上无奈的表情，冲他笑了一下，然后拽起陆群和苍蓝，"走，我今天没有课，领你们玩去！"说着，他拉起一脸不情愿的陆群离开了，苍蓝面无表情的跟在后面。走之前，陆群还叫嚷着丢下一句话，"又背着我们撩女生了！"

东影尘看着他们离开，笑了出来。

几分钟后，一个穿着浅蓝色羽绒服的身影出现在食堂门口，林玦来了。

她环顾四周寻找着，最后在角落里看见了东影尘，她走过来，脱下羽绒服放在椅子上，然后坐下来。她里面穿着白色的衬衫和黑色的裙子，长发披在肩上，眼睛紧紧盯着东影尘。

"你这是要干什么去，打扮成这样？"东影尘微笑着，林玦心跳不禁有些加快了，"今天学生会有活动，得穿的正式一些。"

"学生会的活动最没意思！"东影尘试图把话题引向轻松的气氛。

她却没有接话，紧紧盯着东影尘。两个人的眼神触碰到一起，气氛顿时沉默下来，她忽然问道："是你干的吧？"

第十三章

1

东影尘想到了林玦会来找自己说这件事，可是他没有想到她会这样直接问自己。他同样盯着林玦，两个人的眼神不断交锋。

林玦的眼神突然柔软下来，东影尘不知道那里面带着什么情绪，说不清道不明。就像一片巨大的海潮，把他淹没了。

"嗯。"东影尘点了点头。

"为什么？"林玦问了这么一句。

"其实我是来保护你的。"东影尘扯出了一个灿烂的笑容，带着令人发笑的严肃语气回答道。

"骗人。我不想多知道，我只问你一个问题。你接近我，是为了什么？"林玦这样问他，语气里似乎带着一种祈求。

"不为什么。"东影尘收起了笑容，"工作需要，你不需要知道，和你没关系。"

"兴许和我有关系呢？"林玦反问道，"你了解我么？"

东影尘摇了摇头，"不了解。"

"呵呵。"林玦笑了，"我相信你，你至少不会伤害我，对吧？"

"对。"东影尘点了点头。

"那拜拜咯。"林玦起身了，东影尘看着她离开，背影里仿佛缭绕着一丝若有若无的落寞，东影尘突然觉得，她想要听到的，并不是这样的回答。

其实东影尘自己也并不完全清楚来到这里的原因，他解释为任务需要，可是他的心底里，似乎还藏着别的什么，只是他不愿意承认罢了。

2

联天大厦的顶层巨大办公室里，一个人坐在转椅上，身子转了过去只能看见背影，桌子上的电话开着免提，是霍烽。他是这个城市黑道中的皇帝，他同时，还是东影尘这一次的雇主！

"大哥，我们派到学校去绑人的四个兄弟都死了！而且，而且……"电话里的声音显得十分慌张，可是他被强硬地打断了，"我都知道了，立刻去把和他们四个有关的线索都清理掉，出现在公众面前的新闻都给我想办法封杀！"说完，霍烽就挂断了电话。他身体陷进真皮座椅之中，双手按在额头上揉动。

"今天清晨，在省师范大学的学生公寓楼内，发现了四具来历不明的尸体……目前警方已经封锁了现场……案情还正在紧张地调查当中……"他眼前的电视里正在播报着午间新闻。这四个人，是霍烽派出去的。他真的没有想到，仅仅是去绑架一个女学生，就会变成现在这个样子。而且按理说，对于这种杀人案，尤其是这种难以短时间内侦破甚至是无法侦破的案子，警察局绝对会在第一时间封锁现场，怎么会让它上新闻呢。更何况，四个人就死在学校里，校方一定会想尽办法阻止消息的扩散，更不用说披露给媒体了。霍烽隐隐在整件事情当中，嗅到了一丝诡异。

联想起上一次袭击，同样是失败，派出去的人都没有回来，甚至连尸体都没有找到。而这一次更加可怕，不仅仅人都死了，尸体还被扔在了光天化日之下。他不得不把两件事情联系在一起，却想不通是谁做的！最有可能的人，却并没有进城的消息。

不管怎么说，章癫儒的效率真的是奇高，仅仅一上午的时间，这个消息已经成为所有新闻报刊的头条！

霍烽很快就冷静下来，不管怎么样，他都已经安排人去处理了，应该没有什么大事。他在脑子里把所有事情都想了一遍，然后拨出了一个电话，"苍蝇，是我。"

"是霍烽老大啊，您老人家有什么吩咐！"苍蝇的语气里极尽谄佞之色，作为中间人，他早就已经习惯了以这种卑下的姿态听候雇主的质询，毕竟并不是每一次杀手都能把任务完成的尽善尽美，他需要努力不让雇主迁怒到自己的身上。

"已经足足一周的时间了，我是想问问，为什么这次的任务还没有完成？对于他来说，杀一个人有这么难么！"

"哎呀，霍烽老大，我也有很多天没有联系上他了！你等着，我一定去催他！真是的！"

"好了，赶紧催催他吧！这次的目标给我们添了很多麻烦！"霍烽说完就挂了电话。

另一边，苍蝇放下了手中的电话，冷汗已经从额头上冒了出来，霍烽这个黑帮大佬他是万万不敢得罪的。按照平常来说，只要是交给东影尘的任务，他从来都不担心，让他去杀的人，从来都没有活过一个月的，可这一次，每当他给东影尘打电话询问这件事，东影尘都只回答两个字："等着！"现在雇主找上了门，苍蝇终于坐不住了。他拿起电话，打给了东影尘。

"嘀嘟……嘀嘟……"电话始终没有人接，苍蝇更加焦急了。

3

"你现在在哪？"手机响起来，QQ上章癫儒发来了消息。

"我还在一食堂，怎么了？"东影尘秒回消息。

"我现在去找你啊？"

"有什么事QQ上说吧，有些事情没有搞清楚，我想一个人想一想。"

"哦。"章癫儒似乎察觉到了东影尘的情绪不高，"今天按照你的要求，这件事出现在了所有的新闻报刊上，不过就在刚刚，幕后的人终于有所动作了，有人动用了在上面的关系，把这个消息封杀了！"

"谁啊？"东影尘在这边，章癫儒无法看到他脸上的喜色。这么快就奏效了！

"是联天集团的人。"章癫儒回复道。

"是霍烽。"

"应该就是，按照之前的这些事来看，确实他也有这样的能量。"

"我知道了。"

东影尘一直以来的感觉终于被验证了，林玦和自己现在的任务，果然存在着密不可分的联系！从他见到林玦的第一面起，这种感觉就一直在他的脑海里徘徊不去。霍烽在雇佣他杀死那个人的同时，连续派人袭击绑架林玦，如果他猜得不错，丛林里被杀死的几个人，同样是霍烽雇佣的。

东影尘从口袋里掏出了那张照片，仔细端详着，消瘦清秀的脸甚至有些英俊，那道贯及整个眼角的疤痕，甚至让他的脸多了一种野性的美感。他的眼睛在照片里收起了杀机，带着一种神采。不知道为什么，东影尘觉得这双眼睛是那么的熟悉。并不是因为见过，更不是因为他对这个人有着刻骨的仇恨，而是这种熟悉感，离他很近，很近……

猛然间，一个念头就像炸雷一样出现在东影尘的脑子里！这双神采动人的眼睛，让他想起了林玦！

对！就是林玦，同样清秀的面孔，动人的眼睛，挺翘的鼻翼。东影尘几乎可以判定了，林玦，是那个人的女儿！

突然间，一种极其怪异的情绪袭击了东影尘，他几乎在一瞬间就被击溃了！

东影尘坐在食堂的角落里，全身慢慢瘫软下来，他把自己扔在了桌椅之间。他开始明白自己与林玦之间的那种说不清道不明的情绪是什么了。可是她，是自己最大的仇人的女儿。

甚至于，东影尘想起了那时候，是林玦最先加上了自己的 QQ 号，难道她是故意接近自己的么？东影尘的心里，除了那冰寒刺骨的疼痛，又多了几分怀疑和恐慌。

他把头埋在怀里，东影尘觉得，人在这个时候，似乎是应该哭的，可是他突然发现，自己已经没有能力把那种代表负面情绪的咸湿液体从眼眶中挤出来了。他的身体剧烈的颤抖着，牙关紧紧地咬在一起，他的手伸出来，狠狠地抓揉着自己的头发。

心疼痛得想要渗出鲜血来，这样足以吞没世界的悲凉的情绪，是第三次出现在东影尘的身上了，这都是常人在这个年龄难以品尝到的酸涩。

第一次，东影尘失去了父母，失去了家庭，失去了一切……

第二次……

东影尘再一次想起了那场注定要到来却被自己强行提前的离别……

第十四章

1

早晨温暖的阳光永远无法照进鬼鉴岚和东影尘住的这个地下室，刻在身体里的时刻表和生物钟让他们能够每一天严格地按照时间醒来和睡去，而不是按照天黑天亮。

五点钟，东影尘准时睁开了眼睛，没有刚刚醒来那种沉糜，他的双眼怔怔地盯着天花板。是的，他今天就要离开这个生活了接近两年的地方了。

东影尘起来，没有看见鬼鉴岚。他在桌子上看见了一张纸条，是鬼鉴岚留下的。

"我有事情要办，先出去了。你的东西我都已经收拾好了，就放在门口。你走吧。东影尘，幸福生活。"师父第一次称呼了自己的名字，不知道为什么，东影尘的心突然抽搐了一下。

"嘣嘣！"突然间，敲门声响了起来，东影尘猛然间警觉起来。他很有经验地把一个拐弯的窥镜放在了猫眼上，却一片漆黑，东影尘的嘴角露出了一丝冷笑。紧接着，"咻！"的一声闷响，东影尘手中猛地一震，窥镜被打得粉碎。门外，两个身穿黑色运动服的壮汉中的一个稳稳地站在那里，手中加装了消音器的 USP 手枪枪口，硝烟正一点点散去。

东影尘猜测得一点不错，对方果然用消声手枪对着猫眼开了一枪，如果刚刚自己直接用眼睛去看的话，头已经被打穿了！窥镜被击碎的一刹那，东影尘一个翻滚紧紧贴在了门的旁边。门被对方一脚踢开，其中一个人率先持枪冲了进来，门口没有他想象中的尸体！可是刚刚他明明听见门口的脚步声了，而且也的确有人看向了猫眼，他甚至看见了那个人的瞳孔！可是让他没想到的是，那瞳孔是通过窥镜反射到猫眼上的影像。

当他意识到危险时，一双灵巧而有力的手已经死死扣住了他的脖子，情急之下，东影尘甚至来不及拿上武器！电光火石之间，另一个人也自己冲了进来，里面的搏斗声已经让他有所准备，他来不及顾及自己的伙伴，手中的 P90 冲锋枪朝着东影尘的方向倾泻出弹雨。

东影尘仍然紧紧扣住那个人的脖子，竟然携起那个人，一起向桌子后面翻滚过去。落地的一刹那，借助惯性，那个人的脖子被顺势扭断，东影尘的身体再次弹起的时候，尸体被他向后抛起。子弹贯入了那个人的尸体，不停抖动着！几乎是同时的，"咻！"消音手枪响了！东影尘射出的这发子弹准确的打在另一个人的手上，他手中的冲锋枪跌落在地上！

那个人想要拔出手枪，东影尘手中的枪再次响了，那个人伸过去拔枪的左手竟然被齐根打飞了！"嗷！"那人惨呼着，瘫倒在地上。

东影尘走过去，"咻！咻！"又是两枪，击碎了那个人的膝盖骨，他这辈子都不可能再站起来了！"谁派你来的？"东影尘冷冷地问道，他几乎已经可以肯定，鬼鉴岚一定是出事了！

"我不能说！我说了……他们会杀死我的！"那个人紧紧咬着牙关，他的身上因为疼痛冒出冷汗来！

"哈哈！"东影尘怒极反笑，伸出手居然摸了摸那人的头，在对方的眼里，他的笑容虽然灿烂却显得有些可怖。或许东影尘自己都没有发觉，他的情绪正在悄悄产生着极端的变化！他的手轻轻地抚摸着那个人的头，那个人的身体随着他的动作连续颤抖着。东影尘缓缓地吐出字句来，他的声音已经不像方才那样冰冷了，甚至可以说得上温柔，可是那人却有一种感觉，有一头发狂的野兽，正挣扎着，想要冲破东影尘的身体。

"你真的是太可爱了，你好像还没有弄清楚自己的处境，不管怎么说，你都不可能再活着了。唯一的区别就是，如果你老老实实地让我知道我想知道的，我会让你在一瞬间结束痛苦；如果你不说，那我会让你感受到前所未有的痛苦！"东影尘经过鬼鉴岚的悉心调教，在对行为心理学，犯罪心理学，生理学，解剖学有了充分的了解以后，针对审讯和反审讯，甚至包括虐杀，都完成了系统的学习和掌握。他能够在最短的时间内了解到受审者的想法，更能够准确地判断一个人承受痛苦的极限，他更知道怎么样才能让一个人感受到痛苦。

对于一个接受过反审讯训练的人来说，通过欺骗他"说实话就能活命"的方式让对方开口，无疑是最愚蠢的。没有人会相信受审后还能继续活下去，真正理智强大的敌人是不会抱有任何侥幸心理的，他们只会想尽一切办法反抗和生存。如果你那样欺骗对方，对方反倒会凭着求生的欲望，全力忍受痛苦并拖延时间，以寻找活下去的机会。这个时候，倒不如一开始就把话说的坦诚些，反而会给对方的心理造成巨大的压力和极度的恐慌。东影尘这样，从一开始，就让对方陷入了崩溃的边缘。

东影尘依然笑得那么灿烂，他死死地盯着那个人，那眼神就好像科学家看着实验台上的小白鼠一样。足足盯了那个人十分钟，东影尘的脸上仍旧挂着一成不变的笑容，这笑容在对方看来，就像一个自地狱里归来的恶鬼。

东影尘再一次开口了，同时伸出手摸了摸那人的头，对方的身体禁不住哆嗦了一下，"怎么样？想好了么？"

那人的语气已经不像方才那么坚定，可是态度还是没有改变，"我什么都不会说的……"

"那你可是浪费了我不少的时间啊，我还以为你很乖呢！我有点生气了……"说着，东影尘的脸上突然显露出一丝冷厉，他的腿猛然踢出，正中那人的下颚骨。空气颤抖着，骨骼碎裂声，人由于剧烈疼痛发出的惨呼声，在这个封闭的空间里显得格外刺耳。那人向后仰着飞出去，身体狠狠地撞在墙上。

东影尘几乎在一瞬间就来到了他跟前，他的手里不知道什么时候多了一个枕头！那个人来不及反抗，东影尘已经用手里的枕头紧紧捂住他的面孔，那个人还没有从刚刚的击打中恢复过来，在眩晕中身体仍然剧烈地挣扎着。就在他昏厥过去的一刹那，东影尘停止了动作，他居然从仓库里取出了一个心脏电击器。东影尘粗暴地撕开了他的衣服，瞬间，数百瓦的高压就贯彻了那人的全身。足足十几下后，那个人睁开了眼睛，他"死而复生"，映入眼帘的第一个事物就是东影尘的灿烂的笑容。不由自主的，他打了一个寒战。

"嘿嘿！"东影尘古怪地笑着，如果现在你看清他那有些狰狞的面孔，还有那算不上灿烂的诡异的笑容，你就会立刻联系到鬼鉴岚。几乎是在不经意间，东影尘自主过渡到了一种战斗，杀戮的状态！对于师父的担心和基本猜测到结果的愤恨，愧疚，已经远远盖过了他内心里本来根深蒂固的道德伦理！

"刚刚不小心差点把你弄死，不过你看，我又把你救过来了！"

"你……你这个畜生！"对方的声音十分嘶哑，他的身体现在极度虚弱！

"呵呵，我当然不是人了，可是你怎么能骂我是畜生呢！"

东影尘脸上的笑意更浓了，他深切地明白，对方的情绪已经失控了，他的心理防线正在被自己轻而易举地摧毁，自己的心理战术和肉体折磨，成功地奏效了！东影尘的心里冷静得就好像一块烈火都无法融化的寒冰，可他脸上的笑容看起来是那么的自然。东影尘终于理解了鬼鉴岚曾经说过的一句话，"一个人如果不首先让自己精神分裂掉，是不可能成为出色的审讯者的。"他第一次很明显地意识到，自己可能已经是一个精神分裂症患者了。

东影尘从地上拾起了那个枕头，走向那个人。他已经没有力气反抗了，来不及说什么，东影尘已经冲到了他的身后，手里的枕头再次捂了上去。同样，东影尘又在他昏厥后重新用心脏电击器把他弄醒。

这样的行为东影尘重复了四次，最后，那人终于崩溃了，看着东影尘嘴角那灿烂的笑容，他明白了，这是一个魔鬼！他跪在地上，全身都瘫软了，没有人可以想象，在几分钟内品尝了四次死亡的滋味，对于一个人的心理会造成怎样的冲击！"求求……求你……停下来吧，我说，你让我说什么我就说什么！我……都说！"

"你真的想说？"

"我说，我说！"那人如同捣蒜般点着自己的头。

东影尘的脸色猛然间冷峻下来，他的声音也冰寒刺骨，"说吧。"只有这短短的两个字。真正高明的审讯者，并不会不断地提出各种问题，那样反倒会给对方提供反击或者是说谎的机会！最好的办法，就是让对方主动说。一个人在回答明确的问题时，拥有反复斟酌的时间。在审讯中如果给对方这样的机会，审讯者极有可能被牵着鼻子走。

"说什么？"那人有些错愕。

"知道什么就说什么。"东影尘这样回答。

"鬼……鬼鉴岚被我们杀了。"

"你说什么！"东影尘深深地吸了一口气，他突然如凶兽一般，猛地抓住了对方的衣领，看他的力量，像是要把那个人提起来。那人近乎窒息，发出急促的咳嗽声。东影尘努力让自己的情绪稳定下来，他放开他，"你继续说！"

"鬼鉴岚这一次的目标是鸿丰集团的老总，他的竞争对手雇用了鬼鉴岚去杀他，可是不知道为什么他得到了消息，于是雇佣我们去杀鬼鉴岚。我们调查了一下，发现鬼鉴岚是一个狠角色，于是我们头把他诳去了步行街的一家酒吧里。我们事先在那里布置好了炸弹，你师父刚刚进去我们就把炸弹引爆了……"他说到这里不禁停住了，因为他看见了东影尘的眼睛，那里面全都是血色，充斥着浓郁的杀气。

东影尘实在没有想到，鬼鉴岚会在这样的小阴沟里翻船！残忍狡诈的毒枭，豪门家族的家主，甚至是某个小国反政府军阀的头目，都曾经是他的目标。东影尘实在无法接受，更难以相信，鬼鉴岚就这么死了。东影尘曾经觉得，自己是讨厌鬼鉴岚的，可是直到现在，他才开始直面自己内心深处最真实的想法，鬼鉴岚救了自己的命，他教会了自己许多许多。

他对于自己来说就好像父亲一样，或许这在自己的一生中，他是对自己影响最大的人！他愤恨，悲痛，还带着无比的歉疚，如果自己不提出离开，鬼鉴岚不会因为情绪低落而丧失高度的警惕性，犯下这样致命的错误。

东影尘看着那个人，咄咄逼人的目光像是要将那人撕扯得粉碎。如果鬼鉴岚看到现在的东影尘，他就会明白，东影尘在这个时候，已经陷入疯狂了。这个时候的东影尘，已经无所顾忌！

但其实在他的心里，或许还有更为阴暗的想法。人类作为一种生物，具有恃强凌弱的本能，陷入仇恨的人们，是会拿复仇作为动因去满足施暴的欲望的。当然这种细微难以察觉的心理变化，对于大多数人来说是难以自知的。

他冷冷地问了一句，"你还有什么要说的么？"

"我……我们头……"那个人已经预感到，自己的死亡，就要来临了！他竭力地想说着什么，却不免有些结巴。

"那就是没有了。"东影尘的嘴角露出笑意，他不想继续和这个死人废话了！

"别别……别！我……我真的还有……"

"你说，我听着呢。"

"陈鸿丰！鸿丰集团的老总，他其实还有其他的身份……"

"什么身份？"东影尘突然觉得整件事情并没有表面看上去那么简单。

"具体的不清楚……不过……"

"哦。"东影尘点了点头，已经出现在他的身后。"咔嚓。"他的脖子被东影尘生生扭得粉碎，不过东影尘也算是没有违背承诺，他死得太快了！

东影尘放下那人的尸体，突然蹲了下来，暴力过后，内心最激烈的情绪找到爆发的空间，释放出来。

他把头缩进自己的怀里，浑身猛烈地抽搐起来。他已经悲痛到流不出眼泪了。钟表上的秒针发出咔嗒咔嗒的声响，东影尘久久地蜷缩在那里，任凭时间一分一秒地流逝。

即便这样，他的心里仍然有能力盘算着整个事情。这两个杀手来杀自己却没了消息，对方很快就会察觉的，但是无论是鸿丰集团还是步行街，离这里都很远，对方即使发现了再派人手过来，也需要时间。这样的话，自己还有一点时间留下来整理武器。

鬼鉴岚的教导，让东影尘无论在什么情况下都能保持镇静。可是有时候，东影尘甚至不希望自己能有这样的镇静。

过了一会，东影尘缓缓地站起来，他的眼睛里，血红色渐渐消退，一丝凛然缓缓地爬上他的瞳孔。

东影尘打开仓库，从里面把师父留下来的武器一件一件地取出来。东影尘现在的这些武器，大部分都是那个时候鬼鉴岚留下来的。

东影尘的复仇，开始了！

第十五章

1

夜已经深了，东影尘或许已经离开了住处，灯都关着，一片漆黑。

"咔！"门锁被强行铰断了。一个人影迅速地闪进来，他翻滚一下躲在了沙发后面，在仔细观察了四周以后吹了声口哨。随后，有三个人也进来了。他们打开了灯，冲进每一个角落，仔细地搜索着，为首的一个，竟然是一个女人！

"头！快过来！"在仓库里，一个手下发现了他们两个同伴的尸体！他的眼睛里全都是惊恐。那女人走进来，冷厉的眼睛打量着两具尸体，"看来我们低估了那个孩子的实力了，他现在肯定是离开了，我们走吧。"说着，她最先转身朝门外走去，"把他们的尸体带走。"

忽然，身后传来巨大的爆炸声，她没有反应过来，就被巨大的气浪掀翻了！足足过了十几秒钟，她和自己身后的那个人才挣扎着站起来，她知道，那两个去搬运尸体的兄弟，应该死了。然而当他们走进那个几乎被炸塌的库房时，一种恐惧猛然间袭上了心头。两个兄弟已经被炸的血肉模糊，然而这不是最可怕的，真正可怕的在于，刚刚那两具尸体已经粉碎了，纷纷扬扬地散落在四周，粘在每一个角落，包括两个被炸死的人身上。那个女人的心里突然闪过一个念头，她不禁被自己吓到了！可是除了这个猜测，又实在没有别的想法能够说通。

她猜对了，东影尘放掉了这两具尸体里的血液，然后用注射器一点点地在他们的血管里注入了一定当量的液体炸弹，然后他又在尸体上设置了一个水银引爆器。刚刚爆炸的时候，伙伴的尸体，在一瞬间粘了那两个人一身。东影尘不仅仅制造了爆炸，还用最残忍，最恐怖的方式，践踏着对手的心理！

"快撤！"女人几乎要崩溃了，她强压制住呕吐的欲望，带着仅剩的一名手下逃离了这个地方。两个人在胡同里狂奔着，他们似乎觉得，身边的一切，都是危险的！东影尘的还击，已经让他们的心理防线极近崩溃，草木皆兵。

"嗖！"一支箭自他们的身后飞至，贯穿了另一个人的后脑。

女人站住了，因为在她身后猛然响起了一个冰冷的声音，她从来都没有这样近距离地感受过死亡的气息。她身后这个人的身上，并不是那种高手给人的压迫感，也不是见惯了生死的那种从容感，而是一种纯粹的，透人心魄的死亡气息！

"你还是不要再跑了，不然你的头也会被射穿。"

"是你干的？"女人强行压制住自己内心里的恐惧，试探着问道。

"这个问题现在对于你来说已经没有意义了，接下来我问什么，你就说什么，然后我杀死你。"对方竟然把事情说得这样直白。

"我凭什么要回答你问题？"女人尽力控制好自己的情绪，然后冷笑了一声反问道。

"呵呵。"对方居然浅浅地笑了，笑容在黑暗里甚至露出了些许温柔，他附在女人的耳边悄悄地说了几句，可以清晰地看见，女人的身体正禁不住颤抖，因为愤怒，更因为恐惧。她嘶喊出来："你这个畜生！"

对方笑出声来，"我虽然不是人，但也别骂我是畜生啊！"他的手竟然向前伸过去抚摸着女人的脸，"你还是说吧，要不我真的会那样做的。"他的声音又再次恢复了冰冷。女人的心理正在一点点崩溃，她似乎已经明白了，对方是一个彻头彻尾的疯子。"你问吧！"她终于忍受不了这种压力了。

"谁派你来的？"

"鸿丰集团的老总，陈鸿丰。"

"他现在在哪？"

"南湖公园附近的别墅区里，299 号。"

"南湖公园……"东影尘似乎想到了什么，沉吟了一下，又继续问道："你们是什么人？"

"我们都是散户，临时凑在一起的，我是头。"

"最后一个问题，鬼鉴岚为什么会去那个酒吧。"

"是我约他去的，他太强了，没有任何漏洞，我们才想出了这个办法？"女人说得多了一些。

"他为什么会去酒吧见你？"东影尘还是无法理解，因为鬼鉴岚太谨慎了。

"我也不知道为什么，陈鸿丰只是让我给他打电话说：'那把刀现在在我的手里。'陈鸿丰说鬼鉴岚听见我这么说一定会去的。"

"又是那把刀……"东影尘对整个事情已经有了大概的猜测，声音渐渐低沉下来。他想起了鬼鉴岚对自己讲起的那段故事……

2

十九年前，青蒙省，瓦林乌拉峡谷。

年轻的东虹城站在峡谷的边缘，身上的迷彩服稍显破烂，手里端着一支 81 式自动步枪。他的身后两个人从越野车上跳下来，一个身穿简单的皮衣，背上挂着绳子和传统的弓箭，腰际悬挂着一柄半米来长的猎刀，样式有些类似松田菊男风神。他看上去像一个当地的猎户。这个人，就是鬼鉴岚。另一个在迷彩服外面套着皮夹克，胸前悬挂着一支 79 式微型冲锋枪。这个人，叫陈一南，是国家安全局的高级特工。

他们已经在这片山林戈壁中穿行接近三天，每个人的脸上都布满了尘土，嘴唇有些干裂。鬼鉴岚和东虹城是被陈一南从军队中挑选出来随同执行任务的，任务的内容是深入峡谷里的某处墓穴拿到一把刀。

"到了！"鬼鉴岚低头看着足足有近百米深的谷底，向周围打量着。

"我们就从这儿下去！"陈一南拍了拍他的肩膀，鬼鉴岚从背后摘下绳索，在一棵树干上把绳子系牢然后放了下去。

顺着绳索下到谷底，三个人沿着谷底岩石的边缘行进着。

"你确定是这里么？"陈一南问了一句。

"错不了！"鬼鉴岚十分肯定，"整个峡谷，只有这个地方的岩石结构，才能修建墓穴。"不知道为什么，随着他们不断前进，头顶上方岩石之间的距离越来越近，光线也越来越弱。

"咔嗒！"鬼鉴岚的脚下发出响声，在他的左侧突然弹射出一支铁箭！

鬼鉴岚迅速向后撤身翻滚，东虹城在声音响起的一瞬间已经抬起手，步枪打出数发点射，子弹呼啸着同铁箭碰撞在一起掉落在地上。东虹城走过去，伸出手拉起了鬼鉴岚。鬼鉴岚站起身，冲着东虹城露出感激的笑容。

当时鬼鉴岚说到这里，眼角居然有液体渗出。

三个人继续前进着，路上类似的陷阱很多。随着三个人一边走着，陷阱越来越少，鬼鉴岚也更加频繁地用手敲击着。"梆！梆！梆！"是空的！鬼鉴岚停了下来，"我们就从这里进去？"

"这里面是空的？"东虹城终于明白鬼鉴岚一直敲动石壁是在干什么了，"你怎么知道这里面会有中空的地方？"

"猜的。"鬼鉴岚轻描淡写地说了一句。

"呃。"东虹城一愣，"问题是，我们从哪进去？"

"一南兄……"鬼鉴岚看向陈一南。

陈一南立刻明白了："我们把这里炸开！"他们分别从背囊里取出军用C4炸药！鬼鉴岚更加用力地敲击着石壁，判断着不同位置的岩石厚度，然后按照力学分析指挥其他两人将炸药安置在不同的地方。

伴着剧烈的爆炸声响起，整个峡谷都震颤起来。石壁上现出一个直径接近两米的洞口！三个人从地上爬起来，刚刚他们都被爆炸产生的气浪掀翻了。

"哒哒哒！哒哒哒！"枪声突然响了起来，子弹打在他们的耳边，震得脑袋嗡嗡响。其他的势力也找到这里了！

离他们不足百米的地方，已经有十几个人手持AK47突击步枪冲了上来，枪口喷涂着火舌！三个人蜷缩在岩石后面，鬼鉴岚从腰后摸出两颗手雷，说道："一南兄！你进去找东西，我们两个顶着！"他说着，拔去了手雷的保险环，向身后扔了出去，手雷在一群人中爆开，对方的一队人纷纷卧倒，其中几个反应慢的瞬间被炸成碎块！

趁着这个机会，陈一南迅速起身窜进了洞口，东虹城则举起手中的81式自动步枪，朝着对方扫射！

逃过爆炸的一群人刚刚起身，就被密集的弹雨打蒙了，东虹城仅仅一轮射击，就收割了三条人命。"虹城！继续压制！"鬼鉴岚吼道，身体快速掠过，纵身一跃，手指扣紧石壁，居然像壁虎一样贴着峡谷的一侧快速爬行起来！东虹城翻滚一下，找到了一个射角更广的掩体，同时给步枪换了一个弹匣，继续射击，对方剩下的几个人都躲在岩石后面还击。

距离对方已经不足三十米了！鬼鉴岚纵身一跃，从十几米高的崖壁上飞下，本来背在身后的弓箭擎在手上，只在空中就射出了三箭，分别射中了三个人的脖子和胸口！他跃下的同时，东虹城也切换到了点射，一个人刚刚用枪对准鬼鉴岚，东虹城已经锁定了他的头！

"啪！"清脆的枪声响起，对方的头顶扬起血花，张倒过去。鬼鉴岚借助一个翻滚缓冲了向下的惯性，弓箭直接扔在地上，手里闪出刀来。

他和其中一个人距离已经不足一米，对方惊恐地抬起枪，他已经闪在侧面，刀锋划过侧颈，鲜血抛撒在身后！鬼鉴岚杀向下一个人，那人举枪就射，鬼鉴岚突然腾空跃起数米高，然后欺身而下，手里的刀扎进了这个人的头顶！他顺势撑着尸体甩出一脚，仅剩的一个人被踢中胸口，飞出十几米远，后背猛然撞击在岩石上，嘴里喷出血来。

鬼鉴岚已经来到他的面前，"八嘎！"对方骂道。

鬼鉴岚不禁愣了，这个时候东虹城也走了过来，听见了这句话，"是日本人？"

鬼鉴岚立刻用日语说道："啊那咋杂技哇，纳尼莫喏尼斯嘎？（你们是什么人？）"

对方显然也是一愣，没想到鬼鉴岚会说日语，顿了一下用日语继续骂道："八格牙鲁！瓦达嘻哇，纳尼牟优伊哇那一！（混蛋！我什么都不会说的！）"

鬼鉴岚笑了笑，手里的刀瞬间刺进了那人的心脏，"加，辛迪库依玛休！（那就去死吧！）"不需要对方交代，根据对方的服饰穿戴，装备工具，他也基本上猜出来了，是日本的某个文物贩卖团伙！

东虹城听着鬼鉴岚纯正的日语发音，也有些发愣，"你还会日语？"

"嗯。"鬼鉴岚点了点头，"这些人应该是文物贩子。咱们去和陈兄汇合！"

"好！"东虹城点了点头，两个人转身奔向洞口。

墓穴内，陈一南按照总部给出的情报，已经成功发现了那把刀，就放在一口棺材里！棺材的盖子已经被掀开很久了，从上面厚厚的灰尘就能够看出来。棺材里，一具青黑色的骸骨中间，有一柄日本刀，刀身修长，比肋差长却比太刀要短，没有刀谭，布满金属纹饰的精致皮鞘上蒙着尘土，居然被骷髅握在手中！

陈一南伸出手，打算把刀拿出来。

他的身后一个声音暴喝："住手！"

第十六章

1

喊话的人是鬼鉴岚!

然而已经来不及了,陈一南的右手已经抓住了刀,他用左手手扣开了骷髅骨架!突然,他觉得左手上有些疼痛,仔细看,就发现手指已经变成了青黑色,并且不断向上蔓延,他想把手抽回,却发现身体已经僵硬了,陈一南因为恐惧叫喊出来!

鬼鉴岚似乎已经预料到了事情的发生,他已经来到了跟前,提起陈一南的脖领向后拉扯,陈一南的手终于离开了棺材,同时也把刀拿了出来!他的整个左手已经变成了青黑色,并且开始腐烂!

"怎么回事?"东虹城大惊失色。

"是尸毒!"鬼鉴岚说道,没有再犹豫,从腰间抽出军刀,挥向陈一南的手!

"咔嚓!"锋利的刀子直接斩落陈一南的左手!

"你在干什么!"东虹城来不及阻止鬼鉴岚,被眼前的一幕惊呆了!

"尸毒再继续向上扩散他整个手臂都会废掉,然后会死,只能把他的手砍掉!"鬼鉴岚在裤腿上擦了擦刀,收回了刀鞘,"快,给他包扎伤口!"鬼鉴岚对东虹城说道,然后从地上拾起了那把日本刀,他将刀从鞘中抽出来,刀体上的花纹十分精美。最诡异的是,刀体上那一片骷髅图案,散发着黑暗的死亡气息……

鬼鉴岚走在前面,陈一南因为失血过多已经神志不清了,东虹城背着他在后面跟着。三人奔行至他们来的地方,鬼鉴岚拉着绳子,确定还结实,"虹城,你背着陈兄先上,我殿后!"

"好!"东虹城用枪的背带将陈一南固定在自己的身上,抓住了绳子,开始向上攀爬,鬼鉴岚抽出一支箭搭在弓上。

东虹城背着陈一南,有些吃力地爬着,汗水浸透了他的衣襟。终于,东虹城的手扒住了悬崖的边缘。

"啪",突兀的枪声响了起来,一颗子弹击中了陈一南的肩膀,擦过了枪背带。

枪背带,断了!

陈一南从东虹城的背上滑落!东虹城伸出手想抓住他,又一颗子弹击穿了他的左臂!是狙击手!

陈一南向下坠落着!东虹城翻身上去,躲过了对方补射的一枪！鬼鉴岚也意识到，他们遭遇袭击了！鬼鉴岚冲向崖壁，单手拉住绳索，猛地一拉！对方打出第四枪击断绳子的一刹那，他已经在空中飞腾，鬼鉴岚另一只手扣住了数十米高石壁上的凸起，又是猛地一提，身体飞向峡谷顶端！距离上面还有十米不到了！鬼鉴岚拔出军刀用力插进了岩石中，顺势向上翻腾，脚上一蹬，跃至悬崖之上！手中的弓箭已经拉开，瞄准了百米开外的狙击手！

"嗖！"羽箭破空而出，贯穿了狙击镜，射进对方的眼睛！

2

戈壁滩上，两个人肩并肩地走着，是鬼鉴岚和东虹城。

"没想到，陈兄居然……"东虹城想到陈一南葬送在了那个峡谷之中，心里不免有些难受。

"我也没有想到。虹城，为了这把刀，已经死了太多的人。所以，我想更改一下任务！"鬼鉴岚说道。

"啊？"

"从今以后，这把刀由你保管，不要交给任何人！"

"什么！我们要私自保留它！"东虹城没想到鬼鉴岚会这样做。

"嗯，我不打算把它交给任何人。"

"我似乎明白了。好吧……"

3

东影尘的思绪重新飘了回来，他开始明白，为什么鬼鉴岚那样谨慎的人听说这把刀的下落，会如此激动了。

"陈鸿丰，是不是没了左手？"他突然问道。

女人一愣："你怎么会知道？"

"那就是了！"东影尘只是猜测，没想到果不其然！陈鸿丰，就是当年的陈一南！他没有死！

女人十分疑惑，这个人一定是和鬼鉴岚有着密切关系的，她思索着，又估计着对方的年龄，她突然清楚了，"你是鬼鉴岚的那个徒弟！"女人的声音里充满了惊骇，她终于明白自己错在哪里了，她错就错在，小看了这个突然出现在鬼鉴岚身边的徒弟，将他当成了一个无足轻重的小人物，而现在看起来，这个人，甚至比他的师父鬼鉴岚还要可怕。

东影尘已经在短时间内恢复了冷静，"是我。"

"你动手吧。"她很清楚自己没有生还的机会了。

东影尘叹了一口气，不知道为什么，知晓了全部的真相后，他心中的愤怒反而减少了。同样都是杀手，没有善恶之分，不过是立场不同罢了。鬼鉴岚死了，接着又有这么多人被自己杀死了，东影尘仿佛透过他们，看到了自己。或许在未来的某一天，自己也会像他们一样，被人杀死，尸体在地上一点点冰冷下去。

"噗!"短刀在一瞬间刺进了女人的胸膛,她的脸上居然挂着笑容,能这样几乎没有痛苦的死亡,对于一个杀手来说,甚至可以说是幸福的吧?本来东影尘已经在心中对杀死师父的人虐杀了千百遍,然而他在最后一刻动摇了。不仅仅是因为对方是一个女人,更是因为他在对方的恐惧中看见了自己。

4

市第一中学的门口,一个身材魁梧的少年大步从学校里走出来。

陆群今天又被老师批评了,那个变态还抽了他一个耳光。他有打回去的冲动,但具有社会普及性的理智阻止了他。

他正郁闷着,一个半张脸都被兜帽遮住的男人从他身后跟了上来。两个人身体错过的一刹那,陆群听见了一句话:"跟着我。"

对方说话的声音被刻意压低了,很沙哑,陆群却有一种熟悉的感觉。好奇心的驱使下,他跟上了那个人。

一个胡同里,兜帽男停下了脚步,陆群也停下了,仔细打量着对方。

那人转过身来,掀开了帽子。

"哥!"陆群忍不住叫了出来!他的脸上,惊诧,激动和疑惑交织着。

这个人，居然是东影尘！一年了，都没有东影尘的音讯。家人们都以为他也已经死了，在他父母的墓碑旁边，还立着一块他的墓碑。

陆群扑过来，紧紧拥抱着东影尘，这对表兄弟从小一起长大，感情很深。他曾经一度以为东影尘死了，难受了很长时间。"你居然还活着！"陆群哭了。

"行了！我这不是好好的么！"东影尘拍着他雄壮的后背，"你又长高了，更壮实了！"

"嘿嘿！"陆群不禁笑了，伸手拭干了泪水。他摸了摸东影尘的胳膊，"你怎么有肌肉了？"

"没什么，这一年我经历了很多。"

陆群看着他，觉得东影尘变了。小时候东影尘还很瘦弱，两个人打架的时候总是陆群占上风。而现在他不仅仅是身体变得强壮，整个人的身上，都若有若无地散发着一种强悍的气息，这在过去从未有过。

东影尘的表情又严肃起来："但是我还活着这件事，不要告诉你爸你妈还有你奶奶他们，不要和任何人提起见过我！"

"啊？"陆群不解，"为什么啊？"

"以后我会解释的！现在，"东影尘看向陆群，"我需要你的帮助！"

"需要我的帮助？"

"从你家的楼顶是不是能看见南湖公园别墅区西边通向

市里的路？"

"是啊。"

"那就对了！"东影尘领着陆群走到一辆车前，打开了后备厢，"还记得小时候在公园打枪么？"

"这是！"陆群惊讶得差点叫出来，车的后备厢里，放着一支 PSG-1 狙击步枪！这样高端昂贵的武器，只存在于他的想象之中。

5

南湖公园，倚澜观邸别墅区。

外围的人工林十分繁茂，尽管冬季只剩下干枯的树枝，这里仍然透着自然的美感。东影尘已经想象到了这里的别墅会有多么高的价位。东影尘突然觉得有些好笑，一部分人用了全部的激情和韶华，只为了从乡下自然的环境中闯进繁华的大都会；而另一部分人挥金如土，却是为了从冷漠的城市中逃离重新回到这样的环境中来。

绿化带，是这里唯一一片除了边缘便一点监控都没有的区域，虽然和从大门进去比起来，要绕行足足两公里的距离，但是对于东影尘来说，两公里也就是五六分钟的事情。

东影尘如同一团影子，穿梭在树丛之中。他的全身都好像长着眼睛，每当树枝将要刮到他的身上，他都会在那一刹那缩动身体，避开树枝。几乎没有任何声响，他就像鬼一样，穿过绿化带，已经接近尽头了。就在监控摄像范围的边缘，东影尘猛然停下了脚步，他腿上发力，几步就登上了一棵树的树冠上。

他的眼睛紧紧地盯着整个别墅区，来的路上他已经研究过了整个别墅区的平面图，陈鸿丰所在的 299 号是整个别墅区中规模最大最豪华的几栋之一。当然，也最靠近绿化带。

东影尘躲藏在树上，他的视线刚好跨越别墅的屋顶。此刻，他和陈鸿丰的家，仅仅隔着一栋房子。东影尘思索了一小会，不再犹豫，纵身一跃，竟然飞越了监控和围墙，稳稳地落在靠近绿化带边缘的那栋别墅的房顶上。他从背后取下了一个黑色的背包，取出零件组装起来，是那把复合弓。

东影尘仔细观察着四周，确认上面没有监控后，他飞奔几步，跳上了后面一栋房子的屋顶，这里，就是陈鸿丰家！

想了想，东影尘又把弓拆开放回了包里，他突然觉得，自己没有必要选择这样粗暴的方式进去。他从口袋里掏出了一部劣质手机，里面是临时卡。他一口气，连续拨出了三个电话，分别是刑警，火警和急救中心。

仅仅不到二十分钟，各式各样的嘈杂声就在别墅门前响起了。

仅仅不到五分钟的时间，整栋别墅的人都跑了出来，所有的防卫力量也都暴露在了东影尘的眼前。一个中年男人最后才走了出来，分别和各方面交涉着，他的心里不停地打着鼓。此刻，东影尘就躲在屋顶上看着这场好戏，他的身体紧紧地贴着一个死角，下面的人全然不知，整件事情的始作俑者正躲在他们眼皮底下。

当所有人，车都离开的时候，已经接近凌晨四点钟了，所有人的身上都能够明显地看见疲惫，只有一个人除外，那就是东影尘。在和鬼鉴岚学习的将近两年的时间里，东影尘的体能已经被锤炼到几乎超越人类极限的程度。他曾经在没有任何给养的情况下，在丛林中作为一个狙击手，面对假想敌在不同的三个狙击位上总共潜伏了一个星期！

东影尘在潜伏的过程中，会只保留一部分的精力锁定在目标上，其他的精力都被他用来神游，往前回忆也往后幻想。目标的变化，只需要一小部分注意力就可以观察得到。人对变化的事物的捕捉能力是要更强一些的。

别墅里的保镖上上下下紧张了一夜，都打着哈欠回到了自己的岗位上。

6

陈鸿丰的心里仍然在思索着这件事情，不知为什么他总觉得整件事情里面透着一丝诡异，更重要的是，他花高价雇佣的一批杀手到现在还没有回来，甚至中断了联系。他现在甚至在犹豫，要不要让保镖护送自己离开家。

经过了这样一番折腾，陈鸿丰已经睡意全无，他回到卧室里，坐在床上，他想伸手去打开床头的灯，可是手伸到了一半就停住了。黑暗中，一双手比他更快地伸向开关。"咔。"昏黄的灯光撒在床头，也驱散了一部分黑暗，让他能看清眼前这个大男孩，是东影尘！

第十七章

1

就在刚刚，东影尘借着混乱，潜入了别墅。

随着灯打开的一瞬间，刺骨的杀机就袭向了陈鸿丰。他看着东影尘脸上那个狰狞的表情，心里禁不住颤抖着，这个表情是让人难以形容的，温和的笑容灿烂地挂在脸上，然而一种凛然的杀气和强悍的力量却散发出来，带来直透人心的凉意。实力强悍的人物陈鸿丰见过不少，能够达到他这样的地位，已经见惯了风雨，甚至对于曾经当过特工又以黑道起家的陈鸿丰来说，他已经见惯了生死，有了一种漠视生命的洒脱。然而当他的眼睛和东影尘的眼睛对视在一起时，他不禁有些气馁了，因为他在东影尘的眼睛里，看见了类似但自己却绝对无法与之同日而语的死亡杀戮的气息。

眼前这个看上去，刚刚成年的大男孩，竟然拥有一双最纯粹的，杀人的眼睛！

东影尘的微笑很灿烂，"你可能不认识我吧？我介绍一下。"他的语气中充满了戏谑，"我是鬼鉴岚的徒弟。"

"啊！"陈鸿丰忍不住叫了出来，他终于明白了自己这一晚的莫名的恐惧来自哪里了，他强作镇定，问道："我派出的那些杀手，都被你杀死了？"

"是啊。"东影尘点了点头。

陈鸿丰明白自己大意了，在对鬼鉴岚动手之前，他曾经做过仔细地调查，但并没有发现鬼鉴岚还有个徒弟。

"陈一南，是你出卖了东虹城，然后又去杀鬼鉴岚的，对吧？"东影尘突然问道。

"什么！"陈鸿丰的身体震了一下，"你……你在说什么？"

"别演了！有一件事忘记告诉你了，我叫东影尘……我的父亲是东虹城！"

"啊！"陈鸿丰禁不住叫出来，"你是东虹城的儿子"

"嗯。我现在什么都明白了！唯一需要你解释的，就是你为什么没死？"

"哎。"陈鸿丰叹了一口气，该来的还是来了。

东虹城的儿子，鬼鉴岚的徒弟，如今找他索命了。

他看着自己失去左手的那个胳膊，说道："当时我们一起去找那把刀，上级领导命令我们把那把刀取走交还给有关部门，千万不能落入文物贩子和其他国家手中。当时任务几乎要完成了，我从悬崖上掉了下去。连我都以为自己死定了，结果在我坠落的过程中，就要落地的时候，悬崖上伸出的一棵小树的枝条阻挡了一下，缓冲了大部分的力量，我活了下来。当时袭击我们的是一群受人雇佣的杀手，他们发现我没有死，就带走了我。后来经不住他们的拷打，我就把事情都说了出去，并替他们工作。袭击你们一家的，就是他们。"

"他们的雇主是谁？"

"不知道。"

"哦，"东影尘冷哼一声，"现在你该死了！"

他开始陷入了一种绝望的恐慌，因为他可以清晰地在东影尘的眼睛里看到，死亡！只有死亡！陈鸿丰沉吟了一会，猛然跪在了东影尘的面前，"都是叔叔错了，我也是被逼无奈啊！我不这样做他们就要杀我啊！求求你，求求你，就饶过我这一回吧！你要什么！你要什么我都给你！"

"呵呵，"东影尘怒极反笑，"我不想和你废话了，你还是想想怎么死吧。"东影尘冷冷地说道。

"邦邦。"卧室的门被敲响了，或许是刚才陈鸿丰的惊呼声惊动了外面的保安。"陈总，您没事吧？"

一道快如闪电般的光闪过，东影尘的手里不知什么时候已经多了一柄 SOG 格斗军刀，冰冷的刀锋紧紧地压在陈鸿丰的脖颈上，几乎磨出血痕。东影尘的眼睛冷冷地盯着他，陈鸿丰毫不怀疑，只要自己的反应有一点不正常，锋利的军刀就会划开自己的脖子。他深深吸了一口气，尽量让自己的状态正常一些，缓缓地说道："我没事。"

"那就好，刚刚听见您叫了一声。"

"哦，我不小心在床上磕了一下，没事了。"

"嗯。"听着对方的脚步声渐渐远去，东影尘朝着陈鸿丰点了点头。他继续了刚刚的问题，"你想怎样的死法？"

"我……我求求你了，放过我吧……"没等他说完，东影尘就一脚踢了过来，他的膝盖骨瞬间就被踢碎了！陈鸿丰忍着没有叫出来，因为他知道，一旦自己叫出来，东影尘会立刻杀死自己，求生的欲望暂时让他忍受住了刺骨的疼痛，豆大的汗珠从他的额头上滚落下来。

"等等。"陈鸿丰说了一句，"在你动手之前，有件东西你有必要看看。"

"什么？"东影尘的目光里充满了狐疑。

"你父亲的。"陈鸿丰眼神里带着询问，"你要看么？"

"好。"东影尘点了点头，"我并不急着让你死。"

陈鸿丰缓缓挪动着身体来到床前，把手伸进了枕头下面，时间一分一秒地流逝着，突然，就在东影尘身体微微变换站立姿势的一刹那，陈鸿丰从枕头下面抽出了一支五四式手枪。

然而他即将瞄准东影尘扣动扳机的一刹那，东影尘手里的格斗刀已经划过了他的手腕，他的手筋和血管几乎同时断裂。枪落在了松软的地毯上，没有发出任何声响。

陈鸿丰跪在地上，断臂紧紧压着受伤的右手，他的两只手这下都废掉了，然而鲜血还是止不住地向外溅射着。此刻他的眼神中已经没有了方才的卑小，充满了凶狠和狰狞，还掺杂着震惊，恐惧和不解。他方才的懦弱和祈求，都是装给东影尘看的，为的就是让东影尘放松警惕，完成这次偷袭。然而他失败了，尽管他已经意识到了对手的强悍，但是东影尘的可怕，仍然超出了他的想象。

"你是怎么发现的？"他的语气里带着恨意，还有不解。

"你不会保存我父亲的东西，即使保存了，也不会放在自己的枕头下面。还有，尽管有枕头的遮盖，我还是听见了你打开手枪保险的声音。"

"算我陈鸿丰今天栽了，要杀要剐随你吧！但是有件事你要明白，在这条路上，只有杀和被杀，我不过是技不如人罢了！"

东影尘听着他的话，心里不禁升起了一种兔死狐悲的感受。他尽快让自己的情绪恢复正常，陈鸿丰并没有注意到他眼睛里一闪而逝的伤感。

东影尘微微一笑，盯着陈鸿丰手腕上仍然流血不止的伤口看了一会，"我知道让你怎么死了。"

话音一落，东影尘就立刻使用了鬼鉴岚当初亲手教给他的，他的腿猛然踢出，击中了陈鸿丰的下颚。上下颚骨碰撞在一起，发出"咔嚓"的声响，如果不出东影尘所料，他的下巴，应该已经脱臼了。这个部位的撞击，让陈鸿丰的大脑一片空白，眼前陷入了一团黑暗，耳边嗡嗡作响，几乎昏厥过去。他想挣扎着爬起来，但全身的神经似乎都已经瘫痪了，动弹不得。

东影尘仅仅用了一只手，就把这个体重接近九十公斤的家伙提了起来，扔在了床上。东影尘掀起了床单，迅速的撕成布条。陈鸿丰仍然存有的意识里，预感到了一种令人恐惧的东西。他奋力挣扎着，虚弱的身体却使不上任何力气。东影尘扯过布条，将他的四肢和脖颈牢牢地固定在了床上，他把其余的布条揉成了一团，试图塞进陈鸿丰的嘴里。陈鸿丰做着最后的挣扎，紧紧咬着牙关，他现在甚至连叫喊出来的力气都没有了。东影尘冷冷一笑，挥起手里的军刀，刀柄狠狠地砸在陈鸿丰的面颊上，剧烈的疼痛让他猛然张开了嘴。还来不及喊出声音，一团布条就塞进了他的嘴里，只剩下"呜呜"的响动。

渐渐地，陈鸿丰陷入了绝望。

突然，一阵"窸窸窣窣"的声音响起来，陈鸿丰心里不禁有些惊讶，东影尘，竟然，正在用布条包扎他手腕上的伤口。难道他想放过自己？陈鸿丰实在无法相信这样的解释。

然而当他尽力听清东影尘趴在他耳边说的话时，惊悚瞬间刺进了他的心脏，一股摄人心魄的凉意蔓延了他全身，"不包扎好，万一你的血现在就流光了怎么办，我还想让你慢点死呢。"东影尘的声音甚至有些温柔，可在陈鸿丰听起来，却像一个十足的魔鬼。

东影尘的包扎技术十分熟练，很快就止住了不停流淌的鲜血。

卧室里安静下来，陈鸿丰可以听见墙上挂钟走动的嘀嗒声。突然，手指上传来的如同身体被撕裂的疼痛，让他全身都禁不住抽搐起来，陈鸿丰挺动着身体，终于晕厥过去。就在那一刹那，东影尘的格斗刀，斩下了他的一根手指！

由于手指上的伤口极小，血液以不算快的速度不间断地向外喷射着！这就是东影尘为陈鸿丰挑选的死法，他要切断陈鸿丰的全部手指，让他流尽鲜血死亡！

东影尘的眼睛里布满了疯狂的血丝，他抓起床边的茶壶，把里面的水倒在了陈鸿丰的脸上。

陈鸿丰再次醒来时，听见东影尘在他的耳边轻生说道："你准备好了么？我要切下一个了，这次可不要那么容易昏过去了。"陈鸿丰终于明白了东影尘那句"我并不急着让你死。"真正的含义了，那并不是东影尘出于怜悯，更不是因为东影尘犹豫了，而是因为，东影尘身上的一种极端病态的凶残！

"呜！呜！"东影尘近乎兴奋地斩断了他的第二根手指，陈鸿丰发出痛苦到极点的声音。

门外的几个保镖零散地站在一起。

"你们听见什么声音了没有？"一个保镖问了一句。

"别一惊一乍的了，哪有什么声音！"另一个保镖骂道。

东影尘还在继续着他的动作，当他切下陈鸿丰的最后一根手指时，他已经彻底陷入了昏迷。东影尘嘴角的笑容渐渐消失了，眼睛里疯狂的红色也慢慢消退。

浓重的血腥气充斥在整个房间里，殷红的血液已经浸透了整个床褥。鲜血仍然从伤口里不停地向外流淌着，不知道为什么，彻底冷静下来的东影尘看着眼前的惨相，尽管是由他制造的，他仍然觉得喉咙里发紧，头皮发麻。

东影尘控制好自己的情绪，开始逐步清理自己存在过的痕迹。或许东影尘天生就是一个可怕的杀手。

处理好这一切，东影尘扭动了床头的扶手，"咔嗒咔嗒"的声音响起，一个地道口出现在东影尘面前。就在刚刚绑住陈鸿丰的时候，他无意中发现了这个机关，毫无疑问，这个密道一定是通向外面的。东影尘没有犹豫地走了进去，身后地道口又吱吱呀呀地关上了。

大约走出了不到五十米，东影尘推开一道铁门，竟然来到了别墅的私人地下停车场。东影尘笑了，他走到了陈鸿丰的那辆捷豹 XJ 旁边，抚摸着流畅的白色车身，"没想到你竟然和我喜欢一样的车，既然这样，那我就收了！"东影尘伸手生生把车的牌照扯了下来，在车前车后忙活了好一会，东影尘就打开并发动了汽车。他按动了车内装着的一个指示灯，前面的车库门缓缓打开了。东影尘脚狠狠踩在油门上，车飞驰出去！

东影尘这里开着车扬长而去，别墅里的保镖们却已经乱成了一团！就在刚刚，监控室里的保镖在监控录像中清楚地看到，一个男孩突然出现在地下停车场里，画面说不出来的诡异。最后，他竟然扯下牌照，开走了陈总的座驾！

大惊失色之下，保镖们立刻去禀告他们的陈总。然而在反复敲响了十几次们仍旧没有回应后他们终于感到了事情的不对，于是用力撞开了卧室的门！刚刚开门，他们就被眼前的惨状吓住了，整个卧室里都是鲜血！到处都是血！红色的鲜血，席卷着死亡的气息，让他们喘不上气来。终于有一个胆子大的保镖走到了跟前，却忍不住吐了出来，陈鸿丰已经死了，他剩下一只手上的五根手指都被整齐地斩断了，可以清晰地看见断裂处的白骨和血茬，血液已经几近流干，伤口处甚至已经有些干涸了。而切下来的手指，居然被整齐地摆放在陈鸿丰的身边，摆成了一个简化的"死"字。过于恐怖和血腥的画面，把一种寒冷的杀机渗透进他们每一个人的心里。

当他们都看清了眼前的画面，心里联想着刚刚在这里发生的，都忍不住冲出了卧室，争抢着在厕所里呕吐起来。或许，今天所发生的这件事情，会永远成为他们心中抹不去的阴影，在未来的很长一段时间里，他们都将会在噩梦里度过每一个夜晚。

另一些人迅速赶到地下停车场发动了汽车，对东影尘展开追逐。当然，他们也因此免于看到房间里那骇人的场景。

2

一片漆黑的街道上，一辆白色的跑车疾速飞驰着，白色的冰雪混合着黑色的泥浆，在车轮两侧飞溅开来。冬季的夜晚很长，已经过了凌晨五点，仍然布满了黑暗。在它后面百米左右的距离上，两辆路虎越野车高速并行飞驰着。从车顶的天窗里，伸出了两个枪口！

对方是真的恼羞成怒了，居然携带了机枪！ M249 轻机枪的轰鸣声在寂静的凌晨中十分刺耳。

弹幕击打在车尾上，东影尘努力操控着汽车，拿出早就打开免提的手机，大吼："你小子快啊！"

"马上就搞定！"里面传来陆群的声音。情况的紧急超出了他们的预想，谁也没有想到，对方会在城市中动用机枪！

"呼！"二百米外的高层楼顶，陆群手中的 PSG-1 狙击步枪发出厚重的声响。

"Sorry！"陆群在蓝牙耳机里叫出来，"我瞄偏了！"

东影尘的头顶有冷汗淌下，他让陆群在自己家的楼顶，用那支狙击步枪，帮自己阻击追兵。他试射的时候还不错，这小子到底行不行啊！

32 层楼顶，陆群再一次锁定目标，他的呼吸渐渐平稳下来。刚刚是他第一次开枪打人，不免有些紧张。

"呼！"

7.62 毫米的子弹击中了车里操控机枪的保镖。

打中了！

"呼！"又是一枪，这次陆群用了高爆弹，击中了越野车的油箱！巨大的爆炸将另一辆车掀翻，一个几乎被烧焦的人从车里爬了出来。

"呼！"又是一发子弹，射穿了这个人的头。

"Clear ！"手机里传来陆群有些兴奋的声音。

"OK，干得漂亮！"

第十八章

1

东影尘把车稳稳地停在了街道旁边。

不知道为什么,他的眼神竟有些呆滞。他静静地望着车窗外面,凝视着眼前那个公寓楼,那里,在两年前还是他的家。

只是短短的不到两年时间,他的生活就发生了翻天覆地的变化,两年之前,他还只是一个学生,柔弱,敏感,胆怯,甚至懦弱。而现在呢,他很清楚地知道,自己变了,变得连自己都感到陌生。

我现在究竟是什么呢?东影尘这样问自己。其实东影尘真的没有说笑,在他的内心深处,他真的觉得,自己什么都是,就不再是一个人了。直到今夜他做完了那些他本来认为自己永远都不会做的,他才终于理解了鬼鉴岚当初说过的,"那样,就再也做不回人了……你将会,天地皆怨,鬼神共弃……"

他终于明白了，当一个人真正学会那些不属于人的东西时，他便注定永远无法像人一样地活着了。

他的所有思维方式和行为方式，都透着极端的疯狂，背弃了世俗的道德伦理，更超出了人性所能理解和承受的范畴！他突然觉得，自己或许天生就是一个魔鬼，而鬼鉴岚，不过是帮他摘下了软弱，善良那些外壳，露出了本来面目。

东影尘的身体慢慢蜷缩起来，他的身体颤抖着，开始无声地啜泣起来。他开始害怕这样的自己了，回想着自己那冷漠的，疯狂的眼神；那讥讽的，诡异的笑容；那病态的，血腥的暴行，甚至都令他自己感到无比的厌恶！当一个人开始害怕，厌弃现在的自己却又无法改变时，便会堕入无边的黑暗。

2

林玦缓慢地走在人行路上，已经是晚上九点多了，街上的人很少。

两排路灯从不同的方向照射下来，在地上拉出或长或短的林玦的影子。随着她向前走着，这些影子不停地旋转着，挥舞成时间的轮盘。

随着城市越来越大，人们便开始常常在夜里走到街上去，说得高雅一点，叫作散步。离开你居住的地方五十米，就获得了一种陌生的自由。仿佛只有那些建筑，那些灯火和她是熟悉的，他们互相看着，有时候哭了，有时候笑了。她就这样静静地走着，观察着这座城市每日都展现出不同的模样，她似乎是游离于这座城市之外的，眼前上演着一幕幕繁华与沧桑交织成的生活的戏剧。不知道为什么，走着走着，却觉得一切都越来越陌生了，模糊着。

自从白天和东影尘见过以后，她的心里就如同一团乱麻。她找东影尘，可能不仅仅是为了证实自己关于那件事的猜测，更不是因为怀疑东影尘刻意接近自己图谋不轨，或许她找东影尘，是想听到东影尘的一些话。至于她想听到东影尘说什么，她自己甚至都不是很清楚。

难道自己喜欢上这个人了，可是她又不能确定。因为一直以来，同学们都以为，甚至她自己也以为，她是喜欢那个人的。尽管她很清楚，那个人好像并不喜欢自己。

心里不断地纠结着，林玦低着头，向前走着，突然，他感觉自己撞在了一个人的身上。不知道为什么，对方却发出了痛苦的闷哼。林玦急忙抬起头，说着对不起，然而她看清对方的一刹那，就惊呆了！

那是个瘦高的男人，眼角有一道刀疤，略显沧桑的脸色透着疲惫和匆忙。

"爸！"林玦不禁失声喊出来。

"林玦？"对方的语气里惊讶和喜悦掺杂着。

"爸你怎么来了？"林玦有些惊喜，但是仍然不明白为什么爸爸会突然出现在这里，而且她莫名地在父亲身上感受到了硝烟的气息。

"我……"林川尧有些结巴，"我是来找你的，找了一天，你的同学都说你出去了……"

不明白父亲突然来找自己干什么，但是很久没有见过父亲的林玦还是很高兴。突然地，她注意到林川尧的右臂一直低垂着，掩在衣服下面。她忍不住伸出手触碰了一下林川尧的胳膊。林川尧的右臂突然如同触电一般，他差点叫出声来，身体颤抖了一下。

"爸你怎么了！"林玦着急起来，脸上满是关切之色。

"我没事，已经处理过了。"林川尧努力扯出了一个笑容。

"哦。"林玦仍然担心着，"爸你现在住在哪啊？"

"我正要去找住的地方呢，没事，你不用担心我，我就是想你了来看看。"

"那我先带你去找住的地方吧，我们学校周围你不熟悉。"林玦说道。

"好。"林川尧冲着女儿扯出了一个灿烂的笑容。

林玦挽起父亲的胳膊，两个人一起准备离开。

就在这个时候，他们身后响起了一个声音，"等等！"

林玦听着这个既熟悉又陌生的声音，不禁停下了脚步，他声音里从来都没有过的冰冷让林玦的心里有些隐隐的不安。林玦不清楚这是为什么，但她还是停下脚步，扭过头看向对方，露出了一个微笑。

"他，是你爸？"东影尘的语气十分怪异。

林玦不明白东影尘为什么会突然这样问，她一时间不知道怎么回答才好，下意识地点了点头，"嗯。"然而她没有注意到，身边的父亲脸上表情，正在迅速地变化着，先是惊讶，甚至带着一丝恐惧，然后渐渐释然了，平静下来。

每一个杀手都有这样的觉悟，总会有各式各样清楚自己身份的人找到头上来，他们在内心里想象过无数次这样的画面，以至于事情真的发生了，很快就能保持镇定。

"东影尘？"林川尧大概已经认出了对方是谁，现在唯一让他感到不解和恐慌的是，透过对方眼中那深如池水却又如同火焰般燃烧着的杀气，他基本上可以判断出，这个仅仅两年没见的男孩，实力甚至在自己之上。而且在他的身上，有一种可怕的东西，隐隐透出一股正常高手都不会带有的死亡的气息。

林川尧能够感受到，东影尘现在的情绪……极不稳定！他明白，时隔两年，终于见到了自己，这个有着杀父之仇的人，他不可能仍然保持着稳定的情绪。而恰恰是东影尘这种肆意释放的状态，才让他没有压制住，由于长时间浸淫于某一种极度可怕，毫无顾忌地施展，便会引鬼神变色，世间所不容的东西，所积累的杀气！

这和那些正常的高手身上那种如同炽热火焰般的杀气不同，林川尧在东影尘的眼睛里看见了无边的黑暗，还缭绕着些许阴邪之气！林玦也是第一次看见这样的东影尘。她觉得陌生极了，还令她十分恐惧。事实上，即便是林川尧这样的高手，迎着东影尘那双幽深中透着森然的眼睛，感受着他灵魂深处那即将爆发出来的邪恶的力量，都觉得头皮发麻，身上的汗毛禁不住倒竖起来，林玦这样一个年轻的女孩子，又怎么不会陷入恐惧之中。

"你们？认识吗？"林玦终于鼓足了勇气看向两个正在用眼神交锋的人，问道，甚至连她自己都没有发现，平日里说话如同风铃一样动听，中气十足的她，声音突然变得像蚊子一样细小了。

"嗯。"林川尧首先点了点头，"他爸爸和我是同事，我和他聊几句，你先回去吧。"而东影尘，竟然连看都没有看林玦一眼。

"啊？"林玦一愣，脱口而出，"为什么。"

"听话！"林川尧的语气加重了，好像有些生气。

尽管再不理解这究竟是为什么，想着东影尘突如其来的冷漠，带着满心的担忧，林玦转身慢慢地离开了。她边走着边在心里酝酿着一些可怕的猜测，但又难以相信自己的生活中会出现那么极端的事情。

看着林玦消失在视线里，林川尧长舒了一口气，他的目光重新凝聚到东影尘身上。

"你的女儿不错。"东影尘突然说了一句。

林川尧听着东影尘这样说，一时间竟有些错愕，想了想他突然觉得东影尘这句话似乎别有深意，突然，他好像意识到了什么，情绪变得激动起来，"这是我们之间的事情，不要牵扯到我的女儿！"

东影尘在这一刻当真是语出如刀："不要牵扯到你的女儿？你杀了我的父亲，毁了我的人生！我是不是应该也让你体验一下失去亲人的滋味！"东影尘的脸色越来越狰狞，"或许，我可以……"东影尘的嘴角竟然露出了邪魅的笑容，"我可以考虑让你的女儿当我的女朋友，当她把什么都给我了我再甩掉她，我还可以……"东影尘每说一句，他的面孔就狰狞一分，"我还可以把她拐到人口贩子的手里，把她卖到国外去当性奴！"

林川尧的脸色越来越阴沉，他的身形快速闪动，以常人无法看清的速度袭向东影尘，他终于被激怒了。尽管他受伤了，仍然像疾风一样。东影尘轻蔑的眼神里流露出一丝惊讶，对方的实力，甚至比之两年前，还要更强了！

"嘭！"两个人的身体对撞在一起，发出空气破裂的声响。东影尘居然轻而易举地接住了林川尧劈过来的手刀，他的右手不知什么时候已经闪出格斗刀，置于林川尧的肋间。

林川尧看着自己肋间的军刀，身体停滞下来。他的嘴里倒抽着凉气，胳膊上传来撕裂般的疼痛，东影尘的手臂，不偏不倚，正好击打在他手臂的伤口上！

"你受伤了。"东影尘直视着对方，冷冷地说道，显然他早已经看出林川尧的伤势，"你受伤了，所以我不和你打！"

林川尧的眼中有火焰在燃烧着，东影尘冷冷一笑，"至少我现在终于知道了你的软肋，那就是你的女儿，这样我对付起你来应该会容易很多！"

"你！"林川尧恨不得把眼前这个魔鬼撕碎，可是他很清楚自己现在是不能再动的，因为锐利的刀锋，距离他的心脏只有不到两厘米。他快速思索着脱身的办法，东影尘却一撤身，退后到了他几米外的位置。正当林川尧准备好了发起第二次攻击时，东影尘的话却让他身形一滞。

"我不会对林玦做什么。你说的也是我想说的，我们之间的事情，不应该把她牵扯进来，林玦是个好人。另外，我也希望，你不要把这件事情告诉她，对于谁都没有好处。"

"你，你居然……"林川尧突然觉得，自己眼前这个人难以看清了。

"我没有那么下作！"东影尘冷冷一笑，"我刚刚，不过是为了激怒你罢了！"听着东影尘的话语，林川尧明白，自己在刚刚的交锋中，无论是武力，还是心理，都彻彻底底地输给了东影尘。他说的对，女儿确实是自己唯一的弱点。

"但是！"东影尘转身离开，边走边说道，"我今天放过你，是因为你受伤了，好好养伤，等你的伤好了，我还是会找到你，杀死你！"说完，东影尘的脚步加快，头也不回地离开了。林川尧看着他离开的背影，不禁发出了叹息声。

3

清晨，万籁俱寂，东边的地平线泛起的一丝丝亮光，小心翼翼地浸润着浅蓝色的背景，晨曦徐徐拉开了人间剧场的帷幕，又是一个清淡中透着恢宏的早晨，带着新的使命降临人间。

当第一缕阳光飘进狭窄的窗子，照进并不宽敞的旅馆房间时，林玦敲响了房间的门。林川尧打开门，对着女儿，露出了一个灿烂的微笑。林玦看着父亲的笑容，不知怎的却觉得父亲是在掩饰什么，或许是内心的焦虑。不过既然他不肯告诉自己，自己也就不要再问了，反而会增加他的负担。只是林玦隐隐觉得，父亲的焦虑，和张伟是息息相关的，不知道是自己听错了还是张伟根本就是他编造出来的名字，昨天晚上，父亲看见他以后表现很奇怪，并且叫他"东影尘"。人在生活中的变故，体会最深的莫过于亲人。

父亲向来都很奇怪，基本上都不会回家，还会在房间里摆放一些奇怪的东西，告诉自己不要随便和陌生人讲话，甚至让自己在填写资料的时候在父母这一栏填写"已殁"！而前些天，父亲又莫名其妙的打电话给自己，说有坏人会对自己不利，随后，就有人接二连三的袭击自己。

看着父亲如和煦春风般温暖慈爱的笑容，林玦深深吸了一口气，暂时不去想那些事情。她把起早买来的水果放下，然后坐在了床边。林川尧突然问道："最近都发生什么了？"

"啊？"林玦被他突然一问，有些诧异，想了想冷静下来，回答道："有过两次，有人袭击我……"

"什么？"林川尧的脸上顿时露出焦急之色，"然后呢？没事吧？"他急忙追问着女儿。

"都是张伟救的我，"林玦说道，又补充了一句，"就是昨天晚上碰到的那个同学，你认识的。"

"张伟？"林川尧摇了摇头，看来他猜得不错，东影尘不会轻易地吐露自己的身份。"他不叫张伟。"

"啊？"林玦没想到真的是这样。

"嗯，他的真名是东影尘。"林川尧看着女儿脸色表情的变化，解释道，"他应该是不方便透露身份吧。"他想了想，又问："他是你的同学？他什么时候来你学校的？"

"东影尘……"林玦嘴里念叨着这个陌生的名字，回答道："就这几天吧，他应该不是学生，我觉得……"说着，林玦低下了头，"他应该是来保护我的。"这一直都是她的猜测，只不过她实在不好意思这样问东影尘。

"哦，"听女儿这样说，林川尧信口胡扯："昨天爸爸和他聊的时候，他说了，他第一次是偶然遇见了，然后就调查了你，发现了我们的关系以后，就来了学校。"林川尧也无法判断，东影尘接近女儿究竟是为了什么，不过从昨天的谈话里判断，东影尘应该是在昨天晚上才刚刚知道林玦和自己的关系。但是为了不让女儿过多的怀疑这件事情，他只好顺着林玦的猜测编了下去。他的语速很快，生怕女儿听出自己语调里的不对。

"原来真的是这样啊，"林玦的脸色露出笑容，"爸爸你知道他是做什么的吗？"

"具体的我也不太清楚，应该是安保公司的吧。"林川尧基本上可以确定，东影尘现在，应该是单干的杀手。至于东影尘为什么会变成现在这个样子，他也不知道。不过他当然不能告诉林玦，东影尘是一个杀手。这么多年来，他都竭尽所能，把女儿隔离在自己的世界之外。

父女两人你一句我一句地聊着，林玦的心事都已经解开了，本来紧锁的眉头也张开，嘴角露出灿烂的笑容。往往人们所相信的，并不是值得相信的，而是愿意相信的。真相早已存在于心，唯一一丝不安不过是期盼它与事实相符的希望罢了。

林川尧则努力用欢笑来掩饰自己的焦虑和不安。到了上课的时间林玦离开后，林川尧也穿好衣服走出了旅馆，他决定去见见东影尘！

站在大街上，林川尧仍然忍不住用长时间养成的习惯警惕地打量着四周，他拿出了一个简陋的手机，拨出了一个电话。

他刚刚，向林玦要了东影尘的电话号码。

第十九章

1

ELEVENCOFFEE 咖啡厅。

东影尘，苍蓝，陆群，章癫儒还有西风林五个人围坐在一起。本来很大的真皮沙发显得倒有些拥挤。现在是上午九点钟刚过，咖啡厅里的人很少。巨大的墨绿色窗帘遮住了刺目的阳光，头顶的吊灯仍然亮着，发出昏黄的色泽。

"什么！"章癫儒忍不住叫出来，"林玦是他的女儿？"几个人脸上的表情都像活见了鬼！他们一时间还难以接受，自己的生活中出现这样戏剧化的事情，而且很显然，这并不是他们乐意看到的。

"唉。"陆群叹了口气，"哥，你撩妹计划是不是要搁置了？"

"滚蛋！"东影尘笑骂道，但是他们都可以清楚地从东影尘的脸色，看到一丝落寞，这样的情绪，在此之前，他们从未在东影尘的身上看到过。"不过有一个好消息，"东影尘看着几个人，说道："我们的目标，昨天晚上出现了！"

"真的！"几个人的脸上都露出喜色，瞬间忘掉了刚刚的不愉快，为了这个目标，他们实在是花费了太多的精力。

"我们什么时候动手？"陆群问了一句。

"先等等吧。"东影尘回答。

"为什么？"几个人同时发问，"雇主那边应该已经着急了吧？"章癫儒说道。

"……"东影尘刚刚准备解释，他的电话却响了。

"喂……林玦给你的手机号？"东影尘听着那个熟悉的声音，脸上杀机毕现，其他几个人都清楚地感受到了他情绪上的变化。

"好，我这就到。"东影尘在电话里回应着。

"怎么了？"苍蓝问了一句。

"谁啊？"章癫儒追问着。

东影尘深吸了一口气，努力让自己平静下来，"是他。"

"他？"章癫儒还没有完全反应过来，"谁啊？"

"什么情况？"陆群已经意识到东影尘说的这个他是谁了，但还是不太明白究竟怎么回事，这个人不仅仅是他们的目标，更是东影尘杀父的仇人！

"他怎么会有你电话的？"西风林的思维很快，立刻就注意到了这个问题。东影尘赞赏地看着西风林，每次她都能在最短的时间内发现问题，女性的敏感，让她的反应速度超过几个男孩子。"是林玦告诉她的。"

"诶。"章癫儒已经明白了，他伸手碰了一下东影尘，"你说，目标会告诉林玦你们之间的事情么？"

"我想他应该不会的，"东影尘的脸上若有所思，"首先，他这样的人既然答应了我就会做到，更何况，林玦是他的女儿，他比我更不想她卷入这件事情，你说呢？"

"你说的有道理。"章癫儒点了点头，"但是，"他又补充了一句，"她不可能永远都不知道的，等到了她知道的那一天，你该怎么面对她？"

"不会有那一天的，"东影尘叹了口气，目光突然犀利起来，"我会在林玦知道之前杀死他！"不知道为什么，章癫儒觉得，东影尘只是在逃避，并没有真正回答清楚自己的问题。迎着一群人询问的眼神，东影尘挤出了一个大大的笑容，"先不说了，我走了！你们都先回去吧，三天后相同时间我们还在这见！"话音刚毕，大伙来不及再说什么，东影尘已经头也不回地离开了，扔下一句，"拜拜！"

西风林看着他的背影，突然替他难受起来。东影尘的杀手身份，导致他难以融入正常人的生活。

他太孤独了，孤独到有人给予他善意，他就会付出自己的感情，甚至付出爱。

但这样扭曲的感情，是很难得到回应的。因为没有人比他更孤独，更需要感情。所以他永远只能陷入单方面的感情投入。

这次也是一样，甚至更糟。

东影尘究竟是因为做了杀手才孤独，还是因为孤独才做了杀手？

关于这一点，是没有一个明确的答案的。

东影尘曾经对自己讲起过他学生时代发生的一些事情，在西风林的判断当中，东影尘今日的模样，并不只是因为家庭变故那么简单。

2

半年前，室内射击场。

"砰！砰！"清脆的枪声在靶场里面回响着，西风林射空了手枪弹匣里的最后两颗子弹。东影尘坐在后面休息的沙发上，观察着西风林射击的姿势。

西风林扭头对着东影尘露出一个开心的笑容，放下枪走了过来。

两个人的关系越来越近了，西风林却无法确定两个人的关系究竟是怎样的，如果说是恋人，两个人并没有什么过分亲昵的举动；如果说是朋友，却又有些超越了界限。社会越来越开放的同时，男女之间的关系不再似过去那样非黑即白了。又或许是为了逃避责任和害怕伤害，异性的相处越来越多地呈现出一种复杂的暧昧。

　　西风林不喜欢这样，想过要和东影尘挑明，却始终没能鼓起勇气。她打心眼里清楚，那样的话两个人的关系，不是前进，就是后退。其实她是渴望东影尘做出表示的，可东影尘好像一直在装糊涂。

　　他是不是也和自己一样呢？她时常冒出这样的念头。

　　两个人并排坐下来。

　　"你刚刚有一枪失误了。"东影尘说道。

　　"嗯，我走神了。"

　　"射击的时候不能走神，以后得注意了。"

　　"好。"西风林笑着答应，心里却想着别的事情，"诶，东影尘。"

　　"怎么了？"

　　"你为什么不去上学呢？然后过正常人的生活。"

　　"额。"东影尘没想到西风林会突然问起这么尖锐的问题，他想了一下，才回答："我确实想过假造一个身份，回去上学。可是我确实不喜欢上学。"

　　"为什么？"

　　"这样吧。"东影尘觉得没法回答出一个抽象的理由，"我给你讲讲我高中的事吧。"

　　"好啊。"西风林认真听着他继续说下去。

　　"我高中的时候不怎么爱学习，不管是上课还是上自习，我都会干自己的事情。比如写东西，画一些刀剑，听歌，反正什么都干，就是不学习。但是我们班是尖子班，大家都学习，所以老师很不喜欢我。"

"这挺正常的啊，换我也不会喜欢这样的学生。"

"可是我当时不这么想啊，我觉得我自己干自己的，也没有影响别人，我都不怎么和别人说话的。"

"也有道理。"

"最后我终于明白了，她并不像大多数人想的那样，是真的为了我好。如果她是真心为了我好，就不会采取冷嘲热讽那样近乎侮辱的方式。她是出于一种变态的虚荣心和嫉妒心，她无法接受一个孩子不按照自己的方式学习，还能健康的成长。这个时候，如果看到我难受，她就很开心。"

"唔。"西风林从来没有这样细致地分析过别人，因此她无法判断东影尘说的究竟对不对，只能默默地听着。

"所以从那个时候起，我就开始讨厌上学。我家的那场变故，到我认识鬼鉴岚，虽然整个过程我都很痛苦，但那对我来说可能也是一个机会。一个重生的机会，让我能开始想象中的生活。"东影尘第一次道出了内心最深处的想法，西风林没有完全听懂东影尘的意思，隐隐觉得有些可怕。她没有作声，用眼神示意东影尘继续说下去。

"其实我初中还挺听话的，从小学到初中，所有老师都和我妈反映，说我是上课听课最认真的，从不走神。"

"那为什么上了高中就不学习了？"

"可能是上了高中，独立判断的能力渐渐形成了吧。我是反对现在教育的教授方式的，学习到底都是一些碎片化的东西，没有真正让孩子形成思考判断的能力。尤其是从小就开始上各种补习班，我最看不惯了。都是教育体制的产物。"

"有道理……"听着东影尘说着这些，西风林甚至开始有些自卑了，她一直觉得自己是一个听话懂事的孩子，从小认真努力学习，对父母老师的话都十分服从。可是听了东影尘的一番话，她竟开始怀疑其正确性，自己是不是就是东影尘所说的没有思考判断能力的孩子呢？

两个人都沉默了，东影尘似乎陷入回忆之中，西风林则在心里重新审视东影尘这个人，他是不是为了逃避这残酷的现实，才选择杀手这样特殊的身份呢？想到这里她问东影尘："为什么不直接工作呢？以你的能力，应该可以找到一份不错的工作，继续过平凡的生活。"

东影尘听到她这样问，不禁哑然失笑："你多大了？"

"啊？"西风林听出他的语气是在嘲讽自己，"怎么了？"

"你难道不知道么？像我这样连高中都没有读完的家伙，是根本没有机会在这个社会上找到一份体面的工作的。"东影尘的嘴角带着戏谑的弧度。

"你不是能伪造身份吗？"

"没用的。"东影尘回答的很简单。

"没试过怎么知道？"

"我试过了。"

"啊？"西风林有点吃惊。

东影尘继续说道："在我师父去世以后，我度过了很痛苦的一段时间。说实话我小时候挺羡慕像杀手啊，士兵啊之类的人物，但真的轮到我杀人的时候，我非常害怕。第一次杀人是为了给我师父报仇，我在几天的时间里杀了有十几个人吧，而且手段都很残忍。"说到这里东影尘深吸了一口气，偷偷瞄了西风林几眼，他害怕她因此讨厌自己。

西风林感觉到了他的眼神，于是对他绽开了笑容，东影尘面对着这样的笑容突然鼻子一酸，他在那笑容里感受到了深深的同情。

这种同情给了他继续说下去的勇气和冲动："所以在杀戮结束之后，我特别害怕，开始厌恶自己。那种情况下我反倒想做一个正常人了，我想做一个大多数人眼中的好人，就像你说的，过平凡的生活。"

"所以你尝试了？"

"是啊，我在师父留下的家里待了一个月，每天除了吃饭睡觉就是发呆。但很快这种状态就无法持续了，因为我开始没有钱吃饭了。师父并没有攒钱的习惯，尽管他的酬金很高，但他总是边挣边花，留下来的钱并没有多少。继续上学是不可能了，一来没钱，二来不愿意，当然这是主要的。那个时候唯一的出路，就是到社会上谋生。"东影尘似乎回忆起了那个时候的苦涩，声音颤抖起来。

"短短三个月内，我换了好几份工作。我做过面馆的服务生，每天晚上睡觉的时候头发上全是油汤的味道；我给老板开过车，在洗浴中心门外睡了一宿；我还到工地做过临时工，一周下来我都不认识我自己了。这些工作让我没有时间休息，更没有时间做喜欢做的事情。最后一个工作，也是我所有工作里面最好的一个，是杂志社打字员。我捏造了师范大学新闻专业研究生毕业的身份，最后一家杂志社聘用了我。我一直很喜欢读写，觉得这个工作可能会适合我。可是我只干了半个月，就放弃了这个工作，因为他们拿没有任何背景的我当作打字员和通讯员使唤，而另一个草包却顺利提拔到了副主编的位置，因为他是区委宣传部新闻科科长的亲戚。我没有再找类似的工作，也没有再费力捏造身份。因为在这个社会当中，任何一个领域都是这样的，我这个无父无母的孤儿，不可能争取到一份体面的职位。当然，我也不屑于再去争取了。"

东影尘轻声陈述着，努力压下自己的情绪，可当初的一幕幕，还是跳到他的眼前。

3

办公室里，东影尘缩在一个狭小的位置上，手指飞快地敲击着键盘。身穿高档西装的年轻人走到不远处，喊着："赵亮，去！下楼带两杯咖啡回来。"

"不好意思，我没空。"东影尘抬起头望着他，手上仍旧敲击着键盘，尽力压下怒气，把语气控制得礼貌些。

"没空？"年轻人有些火了，他走到跟前，"你这些玩意什么时候弄不行啊！赶紧去。"

"晚上就要了，你自己下去买吧。"东影尘态度坚决起来，语气很生硬。

"这给你忙的。"年轻人头也不回地撂下这么一句，嘴里小声啐了一口："操！"他走回自己的位置，瞬间换了个表情，满脸堆笑，对着坐在他对面打扮新潮的女同事谄媚地说道："哎呀，他不去。没事，妹妹，我这就下去买。"他抓起钱包，屁股飞快地离开椅子，走时还不忘加上一局："这个王八犊子，真没有眼力架儿。"

不远处的东影尘听清了对方偷偷摸摸地恶语相向，手上的速度慢下来，表情有些凝固了，心里有种暴力的冲动要喷发出来。他停下打字，右手攥起了一支笔，随着并不明显的"嘎嘣"一声，笔在他手心里碎裂开来，锐利的塑料片扎进肉里，鲜血顺着手掌一点点淌下来。掌心的刺痛让他回过神来，他努力在让自己笑出来，笑得很难看，然后继续打字，手掌还淌着血。

4

公司门外的走廊里，东影尘突然停下脚步，上面一层有说话的声音。

他凝聚耳力，听清了是谁，还有对话的内容。

是社长和那个年轻人。

"大侄子啊，干得不错！非常优秀！你很像你大伯嘛！"

"哪里哪里，谢谢李叔！今天晚上到我大伯家一起吃个饭啊？"

"不用不用，哪能打扰高科长啊！你回家告诉你爸爸和你大伯，让他们放心！你这么优秀，很快就能提副主编，就是主编，那也是早晚的事。只要你努力，没有什么做不到的！"

"哎呀李叔太客气了！"

……

东影尘回到座位上，想继续打字，脑海中却依然充斥着刚刚听到的对话，他鬼使神差地在电脑上输入一长串代码。在连续入侵了几台电脑之后，他终于找到了想要的资料，心中有了答案。他望着手掌心的伤口，一点点握紧了拳头。

5

深夜了，万达影城门口，时不时走出几对青年男女。

高一博的手臂紧紧挽着女人的腰肢，两个人一起慢慢走着，没想到这个女同事这么快就被自己撩到手了，心里不禁缺了点成就感。

刚刚走到车前，车门却被打开了，一个身影从副驾驶的位置钻了出来。他借着路灯昏暗的光亮，看清了对方的脸。

"赵亮？这是要干什么！"高一博被吓了一跳，嘴里控制不住地骂出来，他旁边的女人也认出了对方，小步搓动着高跟鞋，向高一博身后躲去。

"轰！"只是一瞬间的事情，高一博居然被对方提了起来，狠狠砸进车前脸。

不知道用了多大的力量，整块风挡玻璃都碎掉了，他的身体卡在其中，动弹不得，嘴角渗出鲜血来。那个女人跌坐在地上，隔了好几秒钟，才意识到发生了什么，颤抖着爬起来，连发出尖叫的力气也没有。她想转身逃跑，脚下却好像生了根一样。其实她应该打电话报警的，但她已经忘了。

高一博挣扎了一下，体内传来撕裂的疼痛，他觉得全身的骨头恐怕都已经碎掉了。

他嘴里一点点吐出狠话："你是不想在社里待了！你完了！"他有些语无伦次，他努力想装得强势，却压抑不住心底的恐惧。他开始意识到，刚刚对方的表现证明，他和自己似乎并不是一个世界的人。那个世界，是充满暴力的。

东影尘慢慢地走向他，伸出手，像捏小鸡一样捏住了他的脖子，高一博咳嗽起来。

"凭什么！"东影尘终于爆发了！

"凭什么！"他没有说别的，只是反复咆哮，泪水模糊了他的眼睛，打湿了衣领。

只有这三个字。

凭什么。

最后他也没有再说别的，直到离开。

6

"然后呢？你怎么办了？"西风林打断了东影尘的思路。

那天东影尘对西风林谈起了很多，但他说到那里就停了。一直发呆，什么也没再说。

西风林知道，他最后还是选择做了一个杀手。

第二十章

1

省师范大学西门外的公园里。

已经接近中午,这里的人很少,在一个狭小但却十分别致的亭子里,一个中年人坐在大理石围栏上。亭子很奇怪,中国江南水乡一样精致的木质围栏,上面却是欧式的圆形拱顶。亭子下面是已经被冰雪冻结的湖水,只有一条挂满枯藤的长廊通向外面。

男人看上去已经接近五十岁了,如同雕刻般棱角分明的脸上已经挂上了皱纹,但仍旧可以想象到年轻时的英俊。不过尽管脸色已经因为岁月的流逝而展现出老态,他的身上依然没有中年人的虚浮和臃肿,偶尔的动作都透着强大的爆发力!

"你找我。"一个声音突然响起,长廊的尽头,一个面庞清秀的年轻人站在那里，他的右手时不时地触碰到腰间，没有人知道，他可以以肉眼无法看清的速度从腰间的某个位置拔出一把格斗刀来。

"就是想找你聊聊。"林川尧笑了。

"聊什么？"东影尘脸上冰冷得就像冰封的湖面。

"我想聊聊你的事情。"林川尧的脸色写满了好奇，事实上这种好奇从再次见到东影尘就已经开始了，"你是怎么变成现在这个样子的？"

"呵呵，你居然还有闲心关心这个问题，如果你真的想知道倒也没什么，我可以告诉你。"东影尘明白，对于自己的过去和身份，没有比眼前这个男人更加了解的人了，因为，自己的人生之所以会变成现在这个样子，都是拜他所赐！"你知道的，当初我只是一个懦弱的孩子，那一夜，我都以为自己死了。"

"当然，我也以为你死了。"林川尧也在回忆着那天晚上发生的一切，"能不能告诉我，那天晚上究竟发生了什么？"

"很简单。"东影尘的心里尽管燃烧起烈火，脸上仍然挂着微笑，"现在想起来，你的雇主应该派出了两股杀手，一批是你，来对付我父亲；另一批去清理他的家人，我母亲就死在他们手里。我说的没错吧？"

"是的，那批人是佣兵，和我没有联系。我的任务就是杀死你父亲，拿到东西。"

"东西？"东影尘的眼睛里射出精芒，"你是说那把刀？"

"你居然知道，"林川尧笑了，"他们要的，就是你父亲那把刀！"

"嗯。"东影尘回想起那天晚上父亲和眼前这个人对战的场景，他忍住心里不断蔓延的恨意。他的眼前浮现出自己的父亲，那个一直沉默却在那一夜突然间爆发，燃烧，直至烧尽了自己最后一滴鲜血的男人。

东影尘干涸了整整两年时光的眼角终于有一线细细的泪水滑落下来。

在那个雨雪交加的夜里，那个男人在那一瞬间强势起来，手里的刀，如同一道闪电，击中了东影尘稚嫩的心脏。他第一次知道，自己的父亲原来拥有那样，足以摧天裂地的力量。

东影尘突然开始想念父亲，那个夜里，城阙在雨中轻声地呜咽着，父亲也点燃了自己，将一切生离死别都烧成了灰烬，东影尘也第一次，亲眼看见，也亲身经历了毁灭和终结。当长夜渐渐褪去沉重的颜色，东影尘从那堆死亡的灰烬里面，破茧成蝶！这就仿佛命运在轮回着。

东影尘其实真的像他的父亲，东虹城为了他拼尽最后一丝力气，而他又为了鬼鉴岚的死陷入疯狂杀戮。或许，他们父子两人身上的因子是相同的，他们表面上看起来都那么懦弱，胆怯，然而在骨子里，却又都如同猛兽一样疯狂和凶残。他们都会为了爱的人，瞬间燃烧起来。东影尘回忆的尽头里，血腥的风声依旧凛冽。从某种意义上来说，东虹城还活着，东影尘在用一双同样卑微，软弱，却又疯狂，冷厉的眼睛，替他洞悉着这个纷繁的世界！

耳边响起冷风扯动树枝的"沙沙"声响，东影尘的思绪又回到了现实。他还要继续和林川尧谈话。

"你说的是那把我父亲使用的日本刀？可是为了一把刀就大动干戈，是为了什么？"东影尘提出了自己的疑问，尽管鬼鉴岚对自己讲过他们去找那把刀的过程，但是鬼鉴岚也不清楚这把刀的价值在哪里。

林川尧摇了摇头，"我也不知道。"

"是谁雇用了你？"

"不知道，是一个叫陈一南的人找到了我。"他看着东影尘，"这就是事情的真相，至于更深层次的东西，就需要你自己去寻找了。不过你还没有回答我最大的疑问。当年你是怎么活下来的？"

"我是怎么活下来的？"东影尘这样喃喃地问了自己一遍，听了刚刚林川尧的叙述，他的心里不禁感到了自己的幸运，林川尧的任务只是拿到东西，自己的死活和他没有任何关系！正是因为这样，他才没有在杀死东虹城以后去追自己。东影尘突然反问林川尧："你知道'鬼鉴岚'这个名字么？"

"鬼鉴岚！"林川尧听见这个几乎已经被世间遗忘的名字，全身禁不住颤抖起来，只有达到了一定高度的杀手，才有资格知道鬼鉴岚这个神一样的存在。仅仅是听人说起的，死在鬼鉴岚手上的高手，林川尧就已经记不清了。东影尘也注意到了林川尧的反应，林川尧的脸色可以明显地看到恐惧。

"你知道这个人？"东影尘试探着问道。

"鬼鉴岚，"林川尧说话甚至都开始结巴了，"代表了杀手界的……至高！"

"哦……"东影尘跟随鬼鉴岚的时间里，他从来没有过问过鬼鉴岚的事情，只知道他是一个杀手，他把全部的精力，都放在了和鬼鉴岚学习上。这是他第一次向别人提起自己的师父，鬼鉴岚，也是第一次知道，原来那个偶尔看起来很不靠谱，甚至带着浮夸的男人，竟然是这样巅峰的存在。"你认识他？"东影尘继续试探着。

"不！"林川尧深吸了一口气，"我并不认识他，事实上，鬼鉴岚只是一个称号，至于拥有这个称号的人究竟是谁，没有人清楚。按照传言，现在的鬼鉴岚，已经是第十三代了。"

看着东影尘若有所悟的表情，林川尧终于问了他最想问的，"为什么要说起他？"

东影尘笑着，从口袋里掏出了一根项链，银色的链条依旧闪现着光泽，挂坠是一个银质的牌子。上面刻着怪异的图案，十字架的两侧，生出一双魔鬼的翅膀。图案工艺精美，栩栩如生。"如果你刚刚说的是真的的话，"东影尘说道，"我大概是第十四代鬼鉴岚了。"

"什么！"林川尧实在无法将东影尘和鬼鉴岚这个存在联系起来，但他的心里已经接受了这个事实，似乎也只有这样，才能解释东影尘那让人无法看透的强大，和身上那难以化开的黑暗气息。

"你不是问我是怎么活下来的吗，"东影尘继续说道，"那天夜里回到家，我发现妈妈已经死去了，当杀手要对我动手的时候，鬼鉴岚出现了，他杀死了那个杀手，救走了我。然后，他成了我的师父。"

"哦。"林川尧点了点头，他突然叹了口气，他忽然觉得，可能这就是老天的安排，注定要让东影尘活下来，化身厉鬼修罗，回到这世间来找自己索命。这一天，如今已经来了。

"你说了我想知道的，我说了你想知道的。我们，好像没有什么可以再聊的了吧？"东影尘说道。

"是。"林川尧也不知道如何回答东影尘，只好点了点头。

"那我们的谈话到此为止吧。不过，"东影尘观察着林川尧的伤势，"你的伤再过几天就应该愈合了！一周！我给你一周的时间养好伤！一周以后，我会来找你，那个时候，你要把自己的命，留下！"

2

"丁零零，丁零零。"房间角落里的一个电话突然间响起来，正在摆弄着一堆枪械零件的苍蝇，眼睛顿时亮了。因为这个专线电话，是专门为东影尘设立的，他终于有消息了！

连续几天里，苍蝇都被霍烽逼着催着，他们甚至怀疑起他的信誉来。

"喂。"苍蝇的声音里充满了兴奋，还带着满腹的牢骚，

"你那里到底出什么事了，这几天雇主催的特别紧！"

"你告诉雇主，三天之内，我一定会杀死他。"东影尘十分肯定地说道。

"你确定？"苍蝇有些不太相信，过去这么久都没有成功，东影尘却突然做出这样的保证。"你可千万别出什么岔子啊！否则雇主会迁怒到我身上的！"

"呵呵。"东影尘不禁在心里暗暗嘲笑苍蝇的胆小，"放心吧。挂了。"

"嘟嘟嘟嘟……"电话里立刻传来挂断电话的忙音。

"这个小兔崽子！"苍蝇忍不住笑骂道。

3

东影尘认识苍蝇，是在两年前了。

东影尘放弃了正常的工作，但仍旧要生存。他在找高一博之前，就已经做好了打算，他准备重操鬼鉴岚的事业。既然平常人的生活自己过不下去，莫不如继承鬼鉴岚的教导。

在心里反复犹豫着，他一直坚持做一个善良的人。在他心底里，人类实现欲望是否建立在对别人的伤害上，就是善与恶的临界点。杀手这个职业，恰恰是以伤害他人的方式，来满足肉体存续的欲望。

但是他真的没有办法了。

会被人雇杀手去杀的，应该都不是什么好人吧，他这样安慰自己。然后，他终于下定了决心。

他顺着鬼鉴岚生前留下的线索，找到了苍蝇的住处。

4

秋天的夜很凉，东影尘打了个哆嗦，拽开眼前这扇门。

他从来没来过酒吧，并没有很喧闹的 DJ，酒吧的规模很小，只有几个男男女女喝着酒。有的大口，有的小酌；有的醒着，有的醉了。

"我找苍蝇！"东影尘站在酒吧的大厅中央，声音不小。人们都看向他，没有人说话。

"我找苍蝇！"他增加了音量。

一个看起来瘦小枯干的老头从吧台后面的转椅上站起来，他的脸上没有胡子，但是皱纹很多，密密麻麻的。他从酒柜上拿下里一瓶烈酒，"想找苍蝇，把这个喝了！"说着，他起开酒瓶，倒了一杯，推到吧台的边缘。

"对不起，我不喝酒。"东影尘撂下这句话，转身准备离开。

老头一阵错愕，突然笑了，他在东影尘身上看到了某个熟悉的人，"等一下！"他叫住东影尘，"我就是苍蝇。"

就这样，东影尘从苍蝇这里，接到了自己的第一个任务。他足足观察了目标一个月，发现这个人居然是抑郁症患者。

这就好办了。

5

中央大厦的门前，一个身穿红白相间快递制服的年轻人走进了大厦，白色的棒球帽遮住了脸。

保安看见了"京东快递"的字样，没有理他。

一直上到大厦的 21 层，东影尘径直走向了目标的办公室，目标每天居然在办公室待 12 个小时以上，其他的时间流动性很强，只有上班是固定的，风雨无阻。

"梆！梆！梆！"办公室的门被敲响了，频率均匀，力量适中，完全职业化的敲门方式。刘国强头都没有抬，"请进。"

看见门口出现的身影，刘国强嘀咕了一句："原来是快递啊。"，他随手指了一下办公桌，"放在那吧。"说完又立刻投入到工作当中。病态的工作模式，已经让他难以记清自己最近是不是真的有快递。

东影尘朝他走过去，把快递放在桌子上，却没有离开。

几乎是一刹那便发生的事情，东影尘出现在刘国强的身后，"咔嚓！"刘国强的脖子被扭断了。

东影尘接下来的动作，更是行云流水，好像事先排练过一般，有那么一瞬间，他的身影和鬼鉴岚重合起来。

他用戴着手套的手小心地拎起刘国强的尸体，扛到窗户边，他打开窗子，又把椅子拖过来。将尸体的一多半置于窗外，又把刘国强的脚压在凳子腿下面。他尝试般地松开手，刘国强的尸体被椅子暂时拽住了，却以肉眼可见的速度不断倾斜着。

这一幕东影尘在家里已经实验过无数次，他拿出手机打开秒表，反复移动着椅子的位置，直到和记忆中的位置及移动速度相同为止。

按照他之前的反复实验，两个小时之后，刘国强的尸体就会自动从楼上掉下去。这样，他就凭空将作案时间和案发时间错开了足足两个小时。

接着，他走到办公桌前，掏出了一张纸来。

遗书。

这是他按照侦查资料中刘国强的字体伪造的。

他把纸认真的铺在桌面上，捡起刘国强掉落在地上的笔，压在上面。

做完这些，他拿起快递走出办公室，随手用刚刚搜出来的钥匙的临时仿制品锁上门。

大摇大摆地走出大厦，东影尘拐了几次弯，越走越远。走进一个没有监控的胡同里，他摘下帽子，脱下衣服连同快递一起扔进了垃圾箱里，露出里面的一身黑色运动服。

溜出胡同，他站到了一个比较空旷的广场中央，这里恰好能看到中央大厦 21 层办公室的位置。手机闹铃响起来，这意味着时间已经过去一个小时五十分钟了。

东影尘从裤兜里取出一个迷你望远镜，看向大厦的方向，在望远镜里，他可以清楚地看见刘国强探出一半的身体。由于大厦设计的原因，楼下的人如果不站在三公里外，是根本看不到这一幕的。

时间一分一秒地过去。

时间到了。

另一端大厦里，刘国强的脚终于从椅子下面脱离出来。

透过望远镜看去，刘国强掉了下去。

东影尘的心，抽搐了一下。

某一角，开始一点点向下坍塌。

6

看着桌子上的牛排，面包，沙拉和咖啡，东影尘很满意，既满意自己的厨艺，也满意高级的食材。

牛排是进口 A5 和牛，五十七度低温烹煮。高温下黄油上色，黑胡椒海盐入味。意大利手工烘焙的奶包，现磨咖啡。一切都很令人满意。

东影尘拿到了自己的第一笔酬金，一百五十万，他重新修缮了师父留下来的房间，购置了大批奢侈品和武器。

货币就是这样赤裸裸地宣誓着自己对人类生活的强暴。

辛苦工作三个月也没能完全解决温饱，而这次只杀了一个人，就让东影尘的生活瞬间富足起来。东影尘不知道自己做出这样的选择，究竟是屈服于金钱的诱惑，还是对现实压迫的反抗。他想拿出足够的理由，证明自己和其他卖凶的歹徒是不同的，却难以说清楚这之间的区别。

但他清楚地知道，自己杀人了，并且以此换取了利益。

东影尘熟练地用刀叉切开牛排，鲜嫩的肉汁渗出来，他把一块肉放进嘴里咀嚼着，味道很不错。

突然他想到了那个人被扭断的脖颈，"呕！"肉被他吐了出来。

东影尘冲向卫生间，弯下腰呕吐着，仿佛要将胆汁吐出来一般。

这就是他的开始。

7

"你确定吗？"一家叫作"枪林弹雨"的烧烤店里，苍蓝坐在东影尘的对面问道。

"嗯。"东影尘喝了一口罐装咖啡，点了点头。苍蓝仍然十分担心，"你确定你要一个人去杀他，还要面对面地决斗？我和陆群都和他交过手，他真的很可怕！"

"放心吧！"东影尘看着苍蓝，眼睛里充满了感激和温暖，"我心里有数。"

"好吧。"苍蓝明白，东影尘的性格向来是谨小慎微，谋定而后动。既然他这么有把握，自己也没有必要过分地阻拦了。

"对了，"苍蓝忍不住问道："你刚刚为什么还要专门打电话给苍蝇，告诉他你会在三天之内杀死目标？"

"哦。"东影尘淡淡地说了一句，"这是为了林玦。"

"为了林玦？"

"嗯。只有这样，通过苍蝇把消息传给霍烽，他们确定了我会干掉目标，才不会继续对林玦动手，甚至狗急跳墙，直接杀掉林玦。"

"你和我说实话，"苍蓝心里默默地叹了一口气，"对于林玦，你究竟怎么想的？我不像癫儒陆群他们那样八卦，但是现在林玦和我们的目标有着那样密切的联系，我需要知道你对她的态度。"

东影尘看着苍蓝严肃认真的表情，明白苍蓝是真的担心自己，可是或许他都不清楚自己的想法究竟是如何的。"对于林玦吧，我甚至都不清楚自己是怎么想的。已经知道了她就是我最大的仇人的女儿，可我还是努力着不想让她受到任何的伤害。"

"你……"苍蓝隐约明白了东影尘的想法，"你喜欢她。"

"我不知道。"东影尘苦笑着摇摇头，"或许我当初进入学校保护她，说是想以她为饵套出我们想要的线索，其实是打心眼里想要那样做。"苍蓝看着一脸忧愁的东影尘，心里却笑了，他几乎已经可以确定，东影尘是喜欢上那个林玦了。

没有人会反复提及不相干的异性，并在生活中给对方留出位置。

男女之间的感情，是最无私的，也是最自私的。

"东影尘，"苍蓝很少称呼他的名字，更多的时候，是和其他人一样叫他"头"，但是每次当他称呼东影尘的姓名时，就是两个人单独谈心的时候。"我知道你现在内心挺纠结，也很痛苦。"看东影尘静静地听着，没有打断他，苍蓝继续说道："不管你承不承认，你喜欢她。可是让你没有想到的是，她的父亲林川尧就是杀害你父亲的那个人。所以你的心乱了，你不知道自己该用什么样的态度去对待她。"苍蓝说到这里，东影尘的嘴唇动了一下，似乎是要说什么，却欲言又止，他心里明白，苍蓝说的对。

"但是，"苍蓝加重了语气，"你是东影尘！你的冷静，你的力量，你的智慧都远远超过我们，你有一双足以洞彻天机的眼睛！虽然不能肯定，但是我总觉得，你这一次的决定，并不是完全出于你的理性思考，更多的是由感情驱动！这对于你，对于我们来说，是危险的！"苍蓝的声调拉得更高了，"是你告诉我们的！一个杀手的计划里如果掺杂了感情因素，那他将会万劫不复！"

"嗯。"东影尘居然点了点头，"你说的对……"他突然激动起来，"我是杀手！但我也是人啊！"东影尘的眼角甚至渗出了泪水，"我的父亲曾经为了给我争取一线生机，他死了，所以我一定要为他报仇！哪怕我真的死无葬身之地！我承认，我爱上林玦了，所以我宁愿她恨我一辈子也要尽快杀死林川尧，这样才能结束这件事情！哪怕我真的陷入万劫不复之地！"东影尘嘶吼着，苍蓝错愕着，他第一次看见东影尘这种状态。一直以来，他都不知道东影尘有着如此丰富的感情，然而直到现在，他才发现自己错了，东影尘的感情像火一样，是会燃烧自己的。

苍蓝突然想起自己第一次见到东影尘的样子。

8

某剑道馆内。

"我要挑战你！"苍蓝看着眼前的少年，和自己年纪相近甚至更小一些，就在刚刚，这个人挑战了武馆的所有高手，完胜！

作为这里实力最强的人，他不得不出手了。

"承让。"东影尘的表情没有变化，缓缓举起手中的竹刀。

苍蓝的刀迅速举起，划出一个怪异的弧度，杀向东影尘！

东影尘还是没有动。

刀尖就要碰到东影尘身体的一瞬间，东影尘动了。

没有人看清他的动作，直到这个时候，他们才明白，刚刚和他们对战的东影尘，连半成的实力都没有展现出来。

东影尘已经在苍蓝的身后了！

苍蓝的手仍然颤抖着，承受着刚才那一刀的震颤，他手里的刀，只剩下了一半！

所有人的眼中都流露出惊恐。

东影尘转过身,他在连续挑战了十三家武馆无一败绩后,第一次说话了:"你的起势很完美,说明你的刀技也一定很强!而且经受过名师教授,但是,你的攻击乏力!"

苍蓝呆呆地看着东影尘,这个看上去比自己还要小的少年居然在指点自己。

"你要记住,所有的格斗本质都是攻击!技巧力量固然重要,但真正重要的,是那种携带着自信的穿透力……"

9

第一次相遇,他就败给了东影尘,两人也由此成为亦师亦友的至交。

看着东影尘近乎狰狞的面孔,看着他眼角渗下的甚至粘连着血丝的泪水,苍蓝竟有些痴了。一滴晶莹的泪花,从苍蓝的眼眶里狠狠落下来,他突然难受起来,心如刀绞。就在刚刚的一瞬间,他觉得自己突然间读懂了东影尘。

其实每个人对他人作出判断的,都只是一个侧面而已。但具体到侧面后,又可能是准确的。

东影尘看起来是一个冷血的杀手,没有感情,没有人性。可事实上,他为了报仇,跟随鬼鉴岚学习,就在他有了保护自己的能力,可以恢复到正常生活的时候,鬼鉴岚死了,于是东影尘猛然间化身修罗,大肆杀戮,使自己堕入了这个黑暗的杀手世界!现在仇人就在眼前,他却因为爱情进退两难,更是为了让心爱的人安全，便做出了那足以让自己被痛恨一生注定孤独的决定！他的一切，他的人生，都在为那些他所爱的人变化着，甚至让他的生命，距离死亡越来越近！

苍蓝深深地呼吸着，他偷偷拭干了眼角的泪水，然后凝视着东影尘，脸上透着坚毅，"不管你做出什么样的决定，我都会无条件的陪你走下去！"

东影尘笑了，"谢谢！"

第二十一章

1

学校里，东影尘独自一个人走在大理石铺成的埇路上。雪花飘飘洒洒地落在他身上，随风摇起的寒气在他的眉间凝成白色的霜丝。他的足迹被积雪滞留在地面上，却很快便会被白雪重新覆盖，就好像人生有太多印痕会被埋藏在记忆的深处，或许永远都不会见天日。

东影尘在这一刻，似乎和林玦产生了同样的想法，感受到了相同的东西。仿佛孤身一人走在远离熟悉事物的地方，真的会拥有一种陌生的自由，让人疲于跳跃的心脏，暂时放松下来。

穿过学校和公园，东影尘回到大学城。他现在已经没有什么可以做的了，那就休息休息吧。

林玦？一个熟悉的身影突然冲进东影尘的视野里。天已经黑下来，风雪飘舞着，遮掩着人的视线，可东影尘还是认出了那个人。他想走过去找她，可是脚突然僵住了，停下脚步。林玦的身边，还有一个男生，两个人面对面，林玦似乎正在和他说着什么。

东影尘不由得向前挪动了几步，禁不住凝起耳力听起来。他的身体越来越僵硬，脸色越来越苍白。他听清了，林玦，正在向那个男生告白。林玦的声音很大，东影尘站在这里，隔着刺骨的寒风，仍然能感受到她身上火热的激情。可是那个男生好像并没有什么回应，他的声音淡淡的，压得很低，东影尘听出来他可能是拒绝了林玦。

东影尘隐约透过雪花看清了林玦接下来的动作，她猛然翘起足尖，嘴唇印在了那个男生的嘴唇上，可是仅仅是这一瞬间，她的行为就被对方粗暴地打断了，男生狠狠地甩开她的胳膊，把她推开，然后头也不回地离开了。东影尘微微愣住了，他不知道林玦还有这样的勇气。随着女权主义的兴起，开始出现女性对男性的追逐。可在东影尘看来，男人追逐女性的惯例，并不出于男女地位的不平等，而是源于男女性本质的差异。不过，林玦显然超出了他的判断。

每个人在不同对象面前，都会展现出不同的特性。这些特性汇集成完整的人性，却没有人能看得全面。人和人之间，人和自己之间，无时无刻不相互隐瞒着。

但东影尘可以感受到，林玦的身体正在一点点变得僵硬。泪水在她的眼眶里凝结起来，流淌在脸上，滚烫的泪珠和寒冷的空气碰撞着，刺痛了她的面颊。她噙满泪花的眼睛目送着那个男生，直至完全消失在视野中，自始至终，他都没有回头，哪怕看一眼。林玦的身体渐渐软下来，她缓缓地蹲在地上，抽泣着，发出伤心的哭声。

东影尘知道，一个女生主动追求一个男生却遭到这样的冷遇，她的自尊，她的感情，被狠狠地伤害了。

他想走过去安慰他，却突然觉得，自己并没有这个资格。东影尘默默地从林玦身边走过，有那么一瞬间他觉得她在看自己。东影尘没有说一句话，也没有多余的动作，他的眼神里，带着一丝漠然，还有，绝望。渐渐地，他抬起头，在脸上扯出了一个微笑。

2

教室里的灯都开着，外面的雪依旧下得很大，天色昏暗极了。

东影尘来上课了，这一次他没有坐林玦旁边那个座位，而是随便找了一个角落，和祁文磊，宋鑫一起坐下来，至于胡明浩，坐在了前面，按照祁文磊的话说，女生都比较喜欢学习，大部分都坐在前面。其实，女生之所以坐在前面，倒不一定是为了学习，而是比男生更少勇气，更多伪装，东影尘这样想着。

已经上课了，东影尘却只看见了昨天那个男生，坐在自己曾经坐过的位置上，而林玦却没有出现。"哎。"东影尘捅了捅身边的祁文磊，"林玦今天怎么没来？"

"我怎么知道。哎你们说真奇怪啊，班长没来的时候林玦还天天来呢，现在班长回来了她怎么倒翘课了。"祁文磊自顾自地说着。

"班长？"东影尘没明白。祁文磊指了指那个男生，"他就是我们班班长，前段时间代表我们学院去参加演讲比赛了，刚回来。"

"你刚刚说……"东影尘已经开始明白了，林玦和这个男生的事情，应该已经很久了，"班长和林玦他们俩什么关系啊？"

"我也不是特别清楚，就是他们两个总是坐在一起。听咱们班女生传，林玦好像是喜欢班长。就因为这个，咱们班女生都特别疏远她，她人缘在我们班也不是很好。"

"哦。"东影尘若有所思，"对了，"他想继续挖掘内情，"昨天晚上在大学城，我看见林玦向班长表白了。"本来这件事是不想说的，他怕对林玦造成不好的影响。可反复没有来由的打听她，又怕引起大家的怀疑。

果然，几个人的八卦热情瞬间被东影尘调动起来，他们的注意力一下子都转移到东影尘抛出的这个重大新闻上来。"怎么回事，快说说？"祁文磊他们的脸上都露出兴奋的神采。枯燥的大学生活，这种八卦消息，最能引燃他们身上所剩不多的激情。然而他们谁都没有注意到，东影尘说出这句话的时候，脸上难以言说的苦涩。

"也没什么，就是我昨天晚上回寝室的时候，看见他们两个面对面站在那里,说着什么,我仔细一听,是林玦在表白。"

"靠！这还没什么！"祁文磊追问道:"结果呢？怎么样,俩人亲没亲？"

"没有,班长拒绝了……"东影尘轻描淡写地回答道。

"嗨！"就知道是这样,他们的脸上都露出失望的表情。祁文磊略带着恨意地说着, "他肯定是又说什么怕影响学业什么的了,班长就是装！"

"哦。"东影尘点了点头。男人就会有这样奇怪的心理,他们会希望在自己心中求而不得的,在他人心中也一样求而不得。

下课后,东影尘直接走到了李彦辕,也就是班长的跟前,"班长,你出来一下,我有些事想和你说一下。"

"好。"李彦辕以为是新来的同学有什么不明白的事情想问自己,没有犹豫就答应了。

两个人走到走廊的一个角落,"你到底喜不喜欢林玦？"东影尘突然发问。

"啊？"李彦辕一愣,他怎么和自己说起这件事了,反应过来以后,他的脸色阴沉下来,"这和你有关系么？"

"我喜欢她！"东影尘直言不讳,"所以这和我有关系。"

"我是对她有好感,可是学生现在的任务是学习……"李彦辕没有说完,就被东影尘粗暴地打断了！东影尘居然狠狠地把他推在了墙上,狠狠地抓住他的衣领。李彦辕想要反抗,却发现东影尘的手如同铁爪一样，任凭他扣抓却仍然纹丝不动！

"你给我听着，"公共场合里东影尘尽量压低声音，却仍然掩饰不住身上疯狂倾泻的杀气，"她为了甚至你出卖了女人最宝贵的尊严和矜持，几乎成了众矢之的。可是你却没有给她应该受到的保护！你到底是不是男人？啊！"

"我……"李彦辕突然发现，自己在东影尘这样强大的威压下，竟然连话都说不出来。东影尘的眼睛里冒着狼一样的凶光，好像随时有可能把他撕得粉碎！

"我只是想告诉你！"东影尘把他放下来，李彦辕倒退了几步，身体靠在墙上，大口地喘着气，"如果你真的喜欢她，就不要伤害她！如果你不喜欢她，那就离他远一些！"

东影尘不再看他，转身走进了教室，留下一个孤独的背影。

傍晚时分的学校里莫名地安静，今天晚上是学校举办的各院大一迎新晚会，所有的学生和老师领导都去体育馆参加晚会了。正有雪花飘飘洒洒地扬落下来，掩盖住地面上错综复杂的足迹和轮胎印痕。

东影尘一个人走在学校里。他的脚步从来都没有这样沉重过，因为这一次，负重的不是身体，而是心。他无数次想象过自己和林川尧对决的场面，但是每当他想到这里，林玦美丽的笑靥都会浮现在他的脑海里，他甚至开始犹豫了，他不知道，真的到了决斗的那一刻，自己能不能真的下定决心杀掉对方。

他漫无目的地走着，不经意间，他便走向了体育馆，可能是为了去看晚会，也可能是为了别的什么。

双脚即将迈进馆场的一刹那，他停住了，东影尘转身向东边的俑路看去。他的瞳孔渐渐缩小了，缩小到只能看清两个远处微小的身影。那两人肩并肩渐渐地走远了，东影尘仍然认出了那两个身影，一个是李彦辕，另一个，是林玦。东影尘的身体僵在原地，目送着两个人消失在俑路的尽头。

东影尘的嘴角扬起一个轻微的弧度，他居然笑了，他笑得模糊极了，没有人，甚至包括他自己都不清楚那笑容里究竟都包裹着什么样的情绪。他就站在那里，全身似乎都被寒冬的冷风吹僵了。直到东影尘觉得，似乎自己一部分的心跳已经停止了，他嘴角的弧度慢慢消失，全身燃起黑暗的焰火。

后来，东影尘渐渐明白，他时常点燃的这团漆黑的火焰，是不能照亮生命的，它只能让整个世界都渐渐陷入浓稠的黑暗里去。

3

天色黑了下来，银白的雪花反射着昏黄的灯光，纷纷扬扬落下，席卷成绚丽和漆暗交织的幕布。李彦辕和林玦走出教学楼的时候，已经是深夜十一点了，学校里十分冷清。

两个人的脚步不禁停了下来，正前方伫立着一个黑色的影子。李彦辕借着灯光努力想要看清对方的面孔，林玦却在对方的身上感受到了熟悉的气息。林玦扭头对李彦辕说："想什么呢？走啊！"

"啊。"李彦辕一下反应过来，两个人继续向前走去。那个人把帽子压得很低，黑暗中李彦辕没有看清他的相貌，只是觉得这个人似乎在盯着自己。林玦却一下子认出了这个人是谁，"张伟！你在这干什么呢？"

对方抬起头，掀开了帽子，露出脸，表情怪异，对着林玦淡淡一笑，"你先自己回去吧，我有事要和班长说。"李彦辕一脸不解，东影尘看着他，眼神里有一种东西，让他不寒而栗，也许是出于恐惧，他点了点头，"好吧，林玦你先自己走吧，我和张伟有事说。"

"哦。"林玦点了点头，就在刚刚的一瞬间，她从东影尘的眼睛里搜寻到了某种情绪，类似于决然，却又比那更加死气沉沉。"东影尘找李彦辕会有什么事情呢？会不会和自己有关系呢？"这样想着，含着满心的疑惑，林玦一边不断地回头看他们两个一边走远。

"说吧，你又有什么事情。"目送林玦消失在拐角处，李彦辕冷冷地问道。

"没有什么大事，明天是周末，不知道你能不能把林玦约出来？"东影尘莫名其妙地说出了这样一句话。

"什么？"李彦辕一时间没有反应过来，"可是她说她父亲来了，明天需要陪她父亲。"

"这个没关系，你只需要在明天上午十点准时打电话给林玦，说有急事找她就可以。至于去什么地方，就是你的事了。"

"我凭什么要这么做？"李彦辕沉下了脸，他努力让自己更镇定一些，每次迎上东影尘那针刺一样富有侵略性却又仿佛笼罩着一层混沌的眼神，他都觉得底气不足。

"如果你不希望林玦出危险，那就帮我。"东影尘的语气缓和起来，甚至带着一丝祈求。

"为什么？我实在看不出这件事情和林玦出不出危险有什么关系！"李彦辕的态度依旧很冷淡，他觉得东影尘真是莫名其妙。尽管他很害怕东影尘，上一次东影尘凶狠的气息依旧让他思之变色，然而他并不相信东影尘真的敢对自己做什么。

"这么说你是肯定不会帮我了？"东影尘反问道，他的嘴角出现了一个玩味的笑容。

"除非你和我说清楚这是为什么！"李彦辕倒是没有把话说死，但是东影尘清楚自己是绝对不会把事情的真相告诉他的。

"那我就没办法了。"说着，东影尘看上去准备转身离开了，可是他转身的一瞬间，抛出一句话来："但是这样的话，你父亲去年升职运作的具体细节，检察院可能就会知道得很详细了。"

"你说什么？"李彦辕的身体不由得颤抖了起来，他从来都没有想过，一个学生可以使用这样卑劣的手段！李彦辕毕竟是班长，能力很强，又出身高官家庭，从小耳濡目染，十分成熟。他努力让自己看起来镇定一些，"我怎么不知道还有这样一回事，你有证据么？"

"哦。"东影尘点了点头，"你要证据？这个有。"东影尘不知从哪里拽出了一个 U 盘，"这里面有很多证据，比如什么银行汇款记录啊，电话记录啊，短信啊什么的。"

"你！"李彦辕已经开始惊慌了，他本来觉得，东影尘不过一个大学生，即便怀疑或者是听说了这件事，也不会掌握什么证据。现在看起来，东影尘的能量远远超过了他的想象，他对对手的实力产生了错误的预判。

"喏。"东影尘把 U 盘抛给了李彦辕，"拿回去看看啊！对啦，"东影尘话语一转，"你可不要天真地以为毁掉了这个就没事了啊！我还有很多很多的备份存放在我的兄弟手里。"东影尘的话字字诛心，他的话还有另外一番含义，就是李彦辕的家里灭了东影尘的口，他父亲还是会完蛋。

"你到底想怎么样？"看着手里的 U 盘，李彦辕恨不得把这东西捏碎。

"我不想怎么样。"东影尘的表情严肃起来，"我保证，只要你这次帮我，我会让这些东西蒸发在空气里。另外你最好把 U 盘拿给你的父亲，让他把屁股擦干净，并不是只有我可以调出这些东西。"

"好吧。"李彦辕恨恨地点了点头，"我会按照你说的，在明天上午十点准时把林玦约出来！"

"很好。"东影尘转身，慢慢离开。

4

"你打算明天动手？"章癫儒着实被东影尘吓了一下。

"嗯。"东影尘的语气很低沉。

"东影尘……"苍蓝似乎想说什么又吞吞吐吐的。

"有什么话就说。"东影尘了解苍蓝的性格，他很多时候会犹豫是否将内心的想法说出来。

"我总是觉得你的这次行动有些欠考虑。"苍蓝把憋了好久的话说了出来，"你曾经对我们讲过杀手的三个原则：第一，绝对不能用常见的武器；第二，目标死亡的时间和你在现场的时间必须错开；第三，他的死亡鉴定结果必须符合保险公司记录的死因中的一条相吻合。可是……"

"什么？"东影尘明白苍蓝的意思了。

"过去你的每一次行动都十分周密，可是这一次……"

"你说的很对，这一次我就是想找他决斗一场。"

"嗯，所以我很担心……"东影尘一下就把苍蓝想要说的话说完了，苍蓝还想劝阻却被东影尘打断了，"这次，我就没把自己当成一个受人雇佣的杀手，我只是在报仇。"东影尘的语气十分冷淡，众人却可以清楚地感受到，有一股火焰，正在他的身体里熊熊燃烧着。

"我们去帮你吧。"陆群的语气中有兴奋，也有担心。

"不需要。"

似乎是看出了东影尘的情绪很低落，苍蓝把章癫儒和陆群两个人拉开，"我们让他一个人静一静吧，毕竟明天这一战对他来说太重要了。"

已经过了凌晨一点半，东影尘穿戴好衣服，离开了家。

5

高达 301 米的绿地金融中心摩天大厦的顶端一个人坐在那里，从她身上的曲线可以判断出这是一个女性，她抱着膝盖坐在建筑的边缘。凌晨的城市中心无边黑暗，没有辉煌灯光的喧宾夺主，在这个城市的最高建筑上，可以清楚地看到天上的弦月和群星。偶尔有黑云滚滚而来匆促而去，便会在建筑的表面上留下如同洪荒猛兽般巨大而怪异的剪影。

远远地，在她身后，一个微小的影子浮现出来。东影尘缓缓从角落里探出身体，他慢慢拉开手里的复合弓，锋利的箭尖指向那个人。嗖，携着颤抖的破空声，箭飞向那人的后心。刹那间，那人回头，手向后一扬，羽箭被数十个钢珠铺成的屏障挡住，发出一声脆响，折断落在地上。其他的钢珠尽数袭向东影尘。东影尘如同闪电一般翻滚着躲开，钢珠砸在楼体表面，一些砖石被轰碎了掉落下来。

"你每一次都能防住我的箭。"东影尘走向对方。

"你的弓声音太明显了，你每次开弓的时候声音我都听得一清二楚。"确实，虽然在常人看来，复合弓开弓的声音人耳是难以捕捉的。然而对于高手来说，复合弓发出的机械转动声音在寂静的黑夜里是那样的清晰。

"确实，我有时间应该去找苍蝇，让他给我把滑轮改一下。"东影尘笑道。

"说吧，找我什么事？"西风林问。

"没什么事，就是想找人聊聊。"东影尘的脸色突然黯淡下来。

"我听陆群说了你明天的事，怎么样？"西风林明白，东影尘在这个时候找自己，一定是和这件事有关。

"都按照我的计划进行着……"

"能看出来，你心情不好。"西风林的手环绕着膝盖，出神地望着远方，"是因为林玦么？"

"嗯……"

"你现在收手还来得及。"西风林说道。

"我不会收手的！"东影尘的语气有些激动。

"那去做吧。如果这注定是你的命运，那么你只有完成它。"西风林没有再劝阻东影尘，只有给予他支持。她深深地明白这件事对于东影尘来说，究竟有着怎样的意义。这并不只是受雇杀人那么简单，从某种意义上来说，东影尘成为今天的样子，正是拜那个人所赐。

"我明白。"东影尘深深吸了一口气，"从我提起刀的那一刻，我便注定要把刀插进他的身体！可是……"

"可是你明白，那样的话林玦将会恨你一辈子。"西林风替东影尘说出了这句他最难说出的话。"你只能忘记她！"西风林斩钉截铁地说道。

"忘记她……"东影尘嘴里喃喃地说出这两个字。

"如果你从来都没有认识她，你现在还会犹豫么？忘掉她！否则明天你就危险了！"西风林说道。

"嗯。"东影尘点了点头，默然不语。也许他都没有意识到，自己的手正在颤抖着。

两个人都沉默着，谁也没有说话。

"为什么问我？"西风林突然问了一句。

"什么？"东影尘愣了一下，没有听明白西风林问的是什么。

"你为什么不问他们几个，问我？"西风林的声音低下来。

"难道不是一直都这样吗？"东影尘说道。

"这次不一样。"西风林抬起头，两个人目光触碰在一起，东影尘躲开了。

"我也不知道。"他没头没尾地回答。

"东影尘，你只是拿我当朋友吗？"西风林问了这么一句。

纵然是精通心理学，能够洞彻人内心的东影尘，面对西风林如此直白的提问，大脑也陷入了空白。他顿了一下，觉得自己已经无法回答这个问题了，于是站起身来，"走吧。"

突然，东影尘陷入了呆滞，西风林从后面，抱住了他的腰，脸颊紧紧贴在他的后背上。"我们在一起吧。"

"西风林，我……"

"别……"西风林打断了他，"我知道，你需要爱……"

"呜……"西风林还没有说完，东影尘已经转过身，揽住了西风林的纤腰，两个人的嘴唇印在一起，忘情地长吻着。时间一分一秒地过去，好久，两个人才分开，两个人的目光胶着在一起，几乎要融化周围的空气。

"你先回去吧。"东影尘柔声说道。

"嗯。"西风林的身上少了一丝平日里难以掩盖的凌厉，更多的是幸福感。她高兴的同时隐藏不住内心里的担忧，"我走了，你要小心。"

"放心吧。"东影尘看着西风林离开，一种难以言明的复杂情绪逐渐在他的心中升起。他说不清那种感觉来源于什么，只是在内心里不停地询问自己，这样真的是对的么。

孤独到极限的人，只要感情当中有那么一点波澜，就会被当作救命稻草。

但他抓不住，即使抓住了，也只能在大河里更快的下沉。

天边已经现出光亮，东影尘拿出手机，在联系人里找到了林川尧。他深深呼了一口气，把电话拨了出去。

"是你？"林川尧居然接起了电话，同样彻夜不寐的，不仅仅是东影尘。

"明天上午十点，公园里的亭子见。"

"看来你已经下定决心了，"林川尧居然笑了，"我一定会到。"

"不见不散。"东影尘的声音听起来异常冷淡，不带有任何的感情色彩。

第二十二章

1

上午的公园里一个人都没有，天色阴沉极了，雪花纷纷扬扬地飘洒下来，铺满了公园里木质的人行路。

依旧是那个亭子，林川尧踱步走向那里，迈出的每一步都显示出他极端强悍的爆发力和控制力。如果有人看清他的装扮，一定会报警，他已经恢复了那时在树林里战斗的装扮。林川尧身着美国 ACU 迷彩作战服，背后背着一柄巨大的斩马刀。他的手里还托着一个条状的物体，用黑色的棉布缠绕着。

他走到亭子前，仔细观察着四周，他整个人就好像一台扫描仪一样，可是他站立了许久，都没有看见东影尘的影子。林川尧提高声音说了一句，"我到了！"

"你迟到了两分钟。"一个声音突然自林川尧的身后响起。与此同时，一股森然惨烈，冰寒彻骨的杀气陡然爆发了！这股气息席卷了整个亭子，甚至让人难以喘息。以这里为中心，甚至让人错觉地以为，周边的空气都已经凝滞，时间都已经定格了。

林川尧没有说话，缓缓地转过了身，东影尘就站在他的身后，两个人对视着，眼睛里都布满了血丝。他刚刚才明白，东影尘上次和自己的交手，隐藏了太多实力。东影尘能够无声无息地出现在他的身后，也就是说，如果东影尘刚刚想要杀死自己的话，自己已经是一个死人了。只不过，他给了自己正面对决的机会。

"唉。"林川尧叹了一口气，"你比你父亲强。"

"看来你已经做好了死的准备。"东影尘语出如刀。

"这是我欠下的债，命该如此。"林川尧明白，每一个杀手在追逐着死亡的同时，也被死亡不停地追逐着。他没有再多说什么，将手中的那个条状物体上的布条一点点拆下来，露出一把刀来。那是一柄修长的日本刀，比肋差长却比太刀要短，没有刀谭，上面雕刻着的金属花纹十分精美。

东影尘看清了它，不禁愣住了，"这是那把刀？"纵然是再强韧的神经，看见了父亲的遗物，东影尘的情绪也不禁产生了波动。

林川尧双手托着这把刀，递向东影尘，"你可能更愿意用这把刀杀死我。"

东影尘接过这柄刀，把刀自鞘里抽了出来。雪花落在刀刃表面，似乎有一股热力自持刀的手传递过来，上面的雪花瞬间便融化了。

"我们开始吧！"他不再犹豫，单手持刀，转身朝林川尧的反方向走去。

两个人似乎有了一种默契，各自朝着相反的方向走去，几乎同时转过身来。

2

林玦坐在寝室里，盯着面前的墙壁发呆，昨天晚上又遇见了东影尘。这个人突然介入了自己的生活，和父亲之间的关系又显得十分诡异。自己向李彦辕表白那天似乎东影尘看见了。她明白，自己对于东影尘的态度有些模糊，她不清楚那是不是喜欢。每次她想起李彦辕的同时，东影尘的笑容都会出现在她的脑海里。难道自己同时喜欢上他们两个了？她反复地询问自己究竟是怎么想的，可总是没有结果。

这个时候，手机响了起来，是李彦辕。

林玦不禁有些惊讶，他居然会主动联系自己？每次都是自己主动联系他的。

"喂。怎么啦？"林玦的声音里有那么一丝不易令人察觉的喜悦。

"南山校区学生会组织的演讲活动今天上午举行，一起去吧！"

"好啊。"林玦高兴极了，"可是我本来上午要去找我爸的。"她补充道。

"没关系，中午就结束了，到时候回来我陪你一起去看叔叔。"李彦辕十分热情地说道。

"好啊。"林玦似乎就等着李彦辕这样说，"你现在在哪？"

李彦辕此刻就站在女生公寓的楼下，尽管冷风吹得他直打哆嗦，他的手心里还是淌满了冷汗，他生怕林玦不肯和自己出去，那样的话，东影尘会不择手段地对付自己。听到林玦这样说，他不禁松了一口气。"我就在你寝室楼下，我等你下来。"

"好。"林玦说完就挂了电话。能够和李彦辕一起出去参加活动，她不介意下午再去看父亲，不知道父亲的伤怎么样了。

林玦走出楼门的时候，李彦辕看着眼前漂亮的女孩子，甚至有些后悔那天拒绝了林玦的表白。林玦今天打扮得很漂亮，浅蓝色的羽绒服，下面是黑色的打底裤，把腿部姣好的曲线勾勒出来，白色的短靴周围是一圈绒毛，看上去十分可爱。玫瑰金色的围巾依旧不能完全挡住她细长白皙的脖颈，在纯净可爱的容貌上又增添了一种高贵的气息。乌黑的秀发自然披散下来，她甚至还画上了一丝淡妆。

两个人肩并肩地走出大学城，李彦辕走到自己那辆宝马三系前，为林玦打开了车门。林玦坐进去，享受着座椅上羊毛垫的柔软，嗅着车里淡淡的香水气味，觉得幸福极了。李彦辕发动车子，飞快地行驶着。李彦辕觉得林玦上了车，自已终于不用再担心了，突然沉默下来。

林玦觉得无趣，于是她拨了父亲的电话，居然关机了！她担心起来，不知道为什么，居然打开了手机的定位系统。越是亲近的人，反而会想象对方身上发生各种不好的事情。

当她看清父亲的位置时，不禁十分惊讶，父亲居然在公园里，距离自己仅仅不到五百米！怎么回事？父亲这个时间不是应该正在旅馆休息吗？一种强烈的恐惧感袭上了林玦的心头，这种感觉像极了东影尘和父亲碰面的那天，只是比那天要强烈了很多！

"停车！"林玦突然喊道，她的心里突然产生了不祥的预感。

"什么？"李彦辕被林玦突然的喊叫吓了一跳。

"停车！"林玦来不及和李彦辕解释，她的心里甚至有一种奇怪的感觉，似乎李彦辕今天突然主动找自己，和父亲有着某种联系。

"怎么啦？发生什么了？你别急，慢慢说。"李彦辕没有停车，他实在不能让林玦下车！林玦看着手机上自己同自己越来越远的父亲，不禁吼出来，"赶紧停车！"就在这一刹那，她居然伸手打开了车门。

李彦辕被吓了一跳，脚下禁不住踩下了刹车！车还没有停稳，林玦已经冲下了车，穿过路边的林地，朝公园内跑去。

3

亭子这边，两个人面对面，互相打量着对方。他们的眼神碰撞在一起，都想找出彼此身上的漏洞。东影尘突然身形松弛下来，不再那么紧张，"你已经老了，所以我让着你点，你先出手吧，我让你三招！"说出这句话的时候，东影尘的嘴边挂着笑意，全是讥讽。

他的话音刚毕，林川尧已经出手了。林川尧并没有客气，他深深地明白，即便让自己三招，自己也未必是他的对手。突然出手，还能尽量增加胜利的几率。

他很明白，两人的矛盾，是不可调和的，在这场战斗中，不分胜负，只决生死。

斩马刀重量偏前，本来适于劈砍，在林川尧的手中却突刺过来，疾如闪电！

东影尘一动不动，锋芒即将触及他咽喉的一瞬间，东影尘动了，手里的刀如同残影般出现在面前，截住了这迅猛的一记攻击。林川尧在空中变招，身体如同失去重力一般翻腾起来，刀猛然向下劈去。两个人的打斗，像极了武侠电影里的特效镜头。

"咔嚓！"斩马刀居然劈砍在大理石地面上，雪花和火花同时飞溅！可怕的是，东影尘已然出现在林川尧的身后，他的身体闪动的同时，说道，"还有一招。"不知不觉中，冷汗已经浸透了林川尧的后背。他的攻击向来以迅捷见长，然而，东影尘的速度，又何止比他快了一倍！

速度上差得太多，只好以静制动。林川尧连续在原地转了两圈，都没有将东影尘纳入攻击范围后，大致摸清了东影尘的速度，突然，他居然腾空而起，身体向后倒翻过去，长刀自下向上，携着巨大的力量，猛然削去！

"乒！"刀剑剧烈的碰撞声猛然响起，东影尘居然接住了这怎么看都无法躲开的一击！不过这一刀凝聚了太大的力量，东影尘向后倒翻过去，在空中连续翻腾了两周，才化解掉这一刀的威势。

林川尧慢慢举起手中的刀，刚刚这一击，就连他自己的虎口都有些发麻。他明白，这回，该轮到东影尘出手了。当然，他出手后，自己还能不能如此轻描淡写地接下，就是未知数了。

东影尘的右手缓缓抬起，手里的刀随着手腕渐渐转动着。他的左脚向后一点点撤去。他的一招一式都这样缓慢且不加修饰地完成着，以至于林川尧已经判断出他将会用什么招数了。林川尧的嘴角不禁露出苦笑，他深深地明白，东影尘之所以这样，不是因为大意，更不是因为自负，而是以他的身手，根本就不怕自己看清他的招数。

东影尘突然跃起数米高，他的招式，和两年前东虹城那一刀，一模一样。

刀光劈开了雪，劈开了风，劈向了林川尧的头顶。

没有想象中金属对撞的声响，东影尘仅仅在林川尧面前出现了一瞬间，便已经闪在了他的身后。林川尧紧紧盯着眼前的残影突然消失，一下反应过来，手上的刀向后背去，试图挡住东影尘的攻击。

可是东影尘的刀在这之前就已经到了，他并没有转身，只是向后肆意挥出一刀，却准确无误地切中了目标！鲜血溅射，抛撒在地上，染红了绢白的积雪。伴着刀切入皮肉的声音，林川尧的右臂被整齐的斩断，飞落在一旁。

林川尧扑通一声跌落在地上，突如其来的巨大的痛苦让他几乎惨叫出来，瞬间大量的失血和极度的疼痛让他失去了任何力量，他挣扎着，用仅剩的左臂支撑着自己爬起来，想要用左手去抓够那把长刀。

东影尘已经站在了五米之外，他转过身，冷冷地看着林川尧，"你要死了！"

"呵呵。"林川尧的笑声因为痛苦而颤抖着，"我就……就知道会有这么一天的，动……手吧！不过，你要小心，这把……刀，所有的事……事情，都是因为…为它，包括你……你父亲的死……"

"谢谢。"东影尘点了点头，他的动作放缓下来。有那么一瞬间，他居然产生了同情之类的心绪，在林川尧的身上，似乎能看见自己未来的样子。

"你可以死了！"他握刀的手正在逐渐发力。

"不！住手！"就在这个时候，一声哭喊声响了起来！东影尘的眼皮一跳，是林玦！

林玦扑到了林川尧面前，身体死死地护在林川尧前面！"你们在做什么？！"

"他杀死了我的父亲，所以要偿命。"东影尘居然开口解释了一句。

"你说什么？"林玦呆住了，她的思维足足停滞了一分钟，然后她擦干了自己的眼泪，"求求你，放过他吧。不管他做过什么，放过他吧！他是我的……爸爸！"

"不可能！"东影尘的语气没有丝毫犹疑。

"求你了，东影尘！"林玦第一次叫出了他的名字，"如果你一定要杀，杀我好了。"林玦脑袋里不由自主地想起这句被说了很多次的台词，顺嘴说了出来。东影尘的身体一滞，就连林川尧也不禁愣住了。他们都没有想到，林玦会有这样的勇气。

东影尘不想让这些事继续阻碍自己的行动，这场复仇必须了结。他身形一闪，出现在另一个方向，手里的刀猛然抛出！

"不！"林玦发出了绝望的哭喊声！随着刀身刺穿林川尧心脏的一刹那，东影尘心中的某个角落，也随之坍塌了。东影尘还不知道那是什么，但复仇的烈火，已经吞噬了他，让他以最快的速度，堕入黑暗的深渊。

林玦的声音，刺痛了东影尘身上的每一根神经。他努力让自己不去看那凄惨的一幕，尽管这一切都是他刚刚缔造的。

东影尘拖动着沉重的脚步，朝树林中走去。他的身后，林玦撕心裂肺地哭嚎着……

第二十三章

1

“解决了。”

“解决了？”听着电话另一端不带有任何感情色彩的冰冷的声音，苍蝇惊讶之余还觉得有几分诡异。过去东影尘完成任务后，即便情绪没有较大的波动，也绝不会如此冰冷，低沉。

“是的。刚刚结束。我的酬金呢？”东影尘并不在乎酬金，但他必须提起这件事。没有什么渴求，只是必要的例行公事，以避免怀疑。

“酬金雇主已经给我了，我们还在老地方见。”

“好，什么时间？”

“明天凌晨四点。”

“好，挂了。”

"就这样？"一直坐在东影尘旁边的陆群看见东影尘挂断了电话终于问了一句，东影尘从回来到现在都没有和他们说过一句话，脸色也阴沉的可怕，众人都没敢和他说话。

"就这样，解决了。"东影尘的声音很低，但屋子里太寂静了，他的话回荡在房间里，显得那样清晰。陆群，苍蓝和章癫儒坐在沙发上，听着东影尘简单的回答，甚至觉得有凉风从脊背上划过。苍蓝和陆群大致猜测到了什么，不再说话。章癫儒从东影尘的身上感受到了痛苦，还是忍不住问道："你没事吧？"

"你们先出去吧，"东影尘没有回答，而是叹了一口气，说道："我想一个人静一静。"

"不是……"章癫儒还想说什么，被东影尘强硬地打断了，"出去！"

"哦。"章癫儒没有再说话，苍蓝和陆群最先站起身来，拉起章癫儒，一起走出了房间。他们没有离开，而是在外面席地而坐，凝聚耳力，听着里面的动静。苍蓝已经确定了，东影尘此刻的情绪十分低落，在正常的状态下，他们根本没有能力在外面偷听而不被东影尘发现。

2

屋子里彻底安静下来，东影尘可以清楚地听见自己的心跳声，早已经失去了铿锵有力的节奏，时而缓慢得似乎窒息，时而急促得如同病人。他缓缓地把自己的身体蜷起来，龟缩在沙发上。

苍蓝和陆群凝聚耳力继续听着，渐渐的，屋子里面似乎传来了轻轻啜泣的声音。"我哥好像哭了……"陆群低声说了一句，"净扯淡！怎么可能？"章癫儒只是一个普通人，耳力不比苍蓝陆群二人，在他的记忆里，自从认识东影尘就没看见他哭过。在他的潜意识当中，东影尘是没有哭这个功能的。苍蓝似乎也听见了相同的声音，"好像真的在哭。"章癫儒听到苍蓝这样说，也相信了，同时他也意识到这件事情对于东影尘究竟产生了多大的伤害。

"你们都在外面干什么？"一个清丽的声音响起来。

"嘘！"陆群赶忙转过头，手指竖在嘴前，叫西风林不要出声。

"你们在这里干什么？"西风林这一次把声音压得很低，几个人看向她，觉得西风林今天打扮得比往常漂亮了，精心搭配了衣服，化了淡妆。陆群似乎察觉到了什么，嘴角露出笑意。他正要开口说话，里面传来东影尘的声音，"你来了就进来吧。"

几个人知道被发现了，都停止动作，站在原地看着西风林尴尬地笑着。陆群挤出一句话："我哥他情绪不是很好。"

"我进去看看。"说着，西风林推开门进去了，陆群和章癫儒在门关死之前抓住了，透过缝隙看着里面的动静，苍蓝有些鄙夷两个人偷窥的行为，但还是耐不住心中的好奇，也一起观察着。

"你来了。"东影尘抬起头看向她，就在刚刚的一瞬间，他已经擦干泪渍，再不露一丝痕迹。西风林看着东影尘的眼睛，那里面很深邃，全都凝结了，如同万年寒冰。对视着，西风林已经体会到了东影尘的痛苦。尽管他没有恶意，自己都被这种木然刺痛了。西风林难以想象，东影尘的内心深处究竟承受着多么黑暗厚重的痛苦，酝酿着怎样惨烈昏阴的情绪。

西风林没有再说什么，直接走近东影尘，把东影尘揽进了自己的怀里，"没事的，都过去了。"

门外的几个家伙看着里面的情景，不禁都瞪大了眼镜。陆群彻底明白了两个人之间关系发生的变化，不禁说了出来："你们两个居然……"

西风林听见了陆群说话，脸色微红，放开东影尘，向后撤了一步。

"没关系，你们继续！"陆群说了这样一句屁话就赶紧跑了出去。他猛地拽上苍蓝和章癫儒，忍不住狂笑起来。听着陆群夸张的笑声，西风林的更红了，气急的她打算追出去，却被东影尘叫住了，"西风林……"

西风林停住脚步，转过身凝望着东影尘。东影尘呆滞的目光里渐渐有了些许感情色彩，"我杀了他。"这是东影尘回来之后说出的第一句话。

"你终于为你的父亲报仇了！"西风林贴近他坐下，手挽住他的胳膊，"你本来应该高兴的……"西风林不知道接下来该说什么了，她想说东影尘之所以痛苦仅仅是因为林玦，可是她实在不忍心继续刺痛东影尘了，即便她此刻心里有再多的醋意。

"可他是她的父亲啊！"东影尘的语气有些激动起来，身体禁不住颤抖，"我一直在想，我杀死他是否真的是正确的。只要我一想到这个，脑中就满满地回荡着撕心裂肺的哭声。我要崩溃了！"直到在西风林面前，东影尘才把积压在内心里的痛苦倾倒出来。

"好了，好了！"西风林把东影尘的头枕进自己的怀里，这一刻她也找不到合适的语言来劝说，只能不停地安慰着，就像哄一个孩子那样。"没事了，都过去了……"

3

"吱丫。"凌晨十分，冬季的天色还十分昏暗，黑色的夜寂静地沉睡着，东影尘开门的声音在这一瞬间清晰可闻。

"你要出去？"东影尘的身后响起了西风林的声音，东影尘身形一滞，刚要迈出的脚步又放了下来，"嗯。我去苍蝇那里把钱取回来。"

"我和你一起去吧，你自己开车我不放心。"

"不用了，我自己去……"

"听话。"西风林打断了东影尘，也走出来，朝车上走去。

东影尘的嘴角露出一个浅浅的笑容，没有再争执。

4

东北端郊区和城市结合部的一个废弃楼盘下面，铁灰色的切诺基稳稳地停在一堆废旧钢铁和石沙中间。

"我很快就出来，你在车里等我吧。"东影尘关上车门。

西风林点点头，"好。"

这是一个足足有二十六层的庞大建筑物，占地面积接近了一万平方米，楼已经封顶了，但是没有窗户，水泥的表面甚至还有钢筋裸露着。这里本来要开发成住宅区，但由于某些原因政府停止了对这片区域的开发，开发商面临破产于是停止了建设，荒废在这里已经足足有好几年了。

外面没有入口，都被断墙和木板封闭着。东影尘绕行至楼的后面，纵身一跃攀上了楼外的铁脚架。在他冷静下来以后，惯有的敏锐直觉告诉他，这一次的生意非比寻常！并不是因为目标恰恰是自己的仇人，而是雇主穷追猛打的态度，如果推断的没有错，东影尘明白自己已经被卷入了某个巨大的黑洞当中。而且自林川尧手里拿到的那柄本来由父亲等人取出的刀，也透着深深的诡异。自己的父亲，师父，陈一南，林川尧，先后都因为这把刀失去了生命！

沿着楼体外部的铁脚架，东影尘一点点爬上了楼顶，他没有直接从下面进去。

东影尘刚要翻上楼顶，他的身体却突然如同凝固了一般，呼吸也几乎停止了，他的眼睛紧紧地盯着楼顶的一个角落，那里居然趴着一个狙击手！他在对讲机里似乎正报告着什么。东影尘突然明白了，自己刚一接近这栋楼就已经被发现了，这个狙击手一直观察着自己，并向楼内的其他人汇报。但是自己从楼外部直接爬了上来，这使他们短时间内失去了自己的踪迹。

东影尘稍一思索就明白了，雇主打算杀自己灭口，而苍蝇要么是反水了要么是已经被杀死了！这个狙击手之所以没有开枪直接打死自己，是因为对方还不想现在就杀死自己，他们最想要的，是那柄刀！

西风林还在下面，必须以最快的速度让她知道这里的情况！而且她在车里，也肯定已经被盯上了。东影尘的大脑快速运转着，思考着应对的办法。他很快冷静下来，拿出了手机，拨出了西风林的电话，打开免提，把手机放进了上衣的口袋里，希望西风林能够尽快听到这里发生了什么。

做完这些，东影尘迅速翻向了楼顶。出乎意料，对方居然听见了自己落地的声音，反应十分迅速，瞬间放下了架好的狙击步枪，自大腿侧面的快枪套里抽出了一支格洛克17手枪！

可是东影尘的速度更快，他迅速闪至对方的右侧，右臂紧紧地锁住了对方持枪的右手，左臂直接攀上了对方的脖颈。骨骼碎裂的声音响起，仅仅不到一秒钟的时间，东影尘就扭断了他的脖子。

楼盘下面的越野车里，西风林手里拿着手机，东影尘打来了电话，却没有人接听。东影尘显然开着免提，因为高层楼顶的风声在手机里听上去呼啸刺耳。"啪！"手机里传来金属物件掉落在水泥地面上的声响，西风林终于明白东影尘为什么打来了这个电话，出事了！

高层的楼顶上，东影尘检查着对方的尸体，居然还有两颗 86 式全塑无柄手雷。这种手雷属于引信式，击发时无烟，无焰，延期引信药燃烧时的火焰和浓烟也不会从顶部冒出，极易设为诡雷。六米的杀伤半径和撕裂性的杀伤力让其成为敌人的噩梦！东影尘看着两颗黑色浑圆的手雷，嘴角露出诡异的笑容。

越野车中，西风林正在思考解决的办法，一个黑洞洞的枪口已经伸进车窗里面，对准了她的头！

"给我滚下来！"身穿城市作战服的杀手厉喝。

"好！好！"西风林举起了双手，脸上露出恐惧的神色。她的手正悄悄靠近对方的枪管，寻找着反抗的时机。

"轰！轰！"剧烈的爆炸声在楼顶响起！对方的其他杀手在对讲机中许久听不见那个狙击手的声音，已经意识到楼顶出现问题了！来这里之前霍烽曾经严肃地交代过，他们的目标异常危险！也正因为如此，才一次派出了十多个精英杀手，甚至不惜在城市边缘动用大威力军事武器！两个前往楼顶查看的杀手，在搬动狙击手的时候触发了东影尘藏在尸体下面的手雷。

东影尘用刀子修改了延期爆炸的引信，使本来接近四秒钟的延期时间缩短至不足一秒。两颗 86 式手雷在一刹那爆裂开来，内部破片足足 1600 颗三毫米的钢珠席卷了周围半径六米的每一个角落。两个杀手在这样的袭击中瞬间断臂残肢，面目全非！

随着爆炸声响起，正准备挟持西风林的杀手精神出现了短暂的中断，西风林就在这一刻寻到了反击的机会！她的手猛然拍拨并抓住对方持枪的手，迅速顶开车门撞击在对方的面门！突如其来的攻击，让杀手手中的枪脱落，失去了战斗能力，倒下蜷缩在地上。西风林跳下车，脚上的战靴直接踏向了那人的脖颈。"咔嚓！"她这一脚直接踩断了对方的脖子，气管和神经也随之全部断裂。

西风林掀开了车的后备厢，里面有一枝 M82A1 狙击步枪！

作为一个狙击手，职业习惯让西风林刚刚到达这里的时候就已经选定了针对这栋大楼的最近的狙击点！她快速奔跑着，冲向距离自己最近的一个废旧土石材料堆积而成的足足有六七层楼高的土坡。高速运动的同时，身体借助着身边的障碍物，做出一系列高难度的规避动作！在狙击作战和运动突击战上，她无疑得到了东影尘的真传。

楼内的其余杀手同样听清了爆炸声来自于楼顶，领队的杀手头顶已经渐渐渗出了冷汗。按照他的经验判断，爆炸声属于 86 式手雷，目标不仅杀死了楼顶的狙击手，还利用他身上的手雷设置了有效的伏杀陷阱！他不禁联想到了那支在丛林里被林川尧灭掉的同行队伍，东影尘既然能够杀掉林川尧，就能同样灭掉自己这群人，他开始后悔自己带的人少了。

杀手头目尽量让自己冷静下来，他的身边还有三个杀手，只要不分散力量，即便杀不了对方，自保应该也是可以的吧？想到这里，头目迅速发出了命令："全体靠拢！搜索队形前进！一层一层地找！"

他的话音刚落，一个突兀的枪声响了起来，靠近他身边的一个杀手头顶开了一个血洞，栽倒在地上。一个人的影子从他们的左侧快速闪过，东影尘刚刚用那柄抢来的格洛克17射穿了其中一个杀手的头。但是有一点东影尘失算了，这群杀手的实力要比他想象的强一些，他们迅速做出了有效的还击，对于周围的每一个可能再次出现袭杀的方向，轮流进行着点射和扫射。东影尘被对方密集且不失精准的射击压制得短时间内无法进行下一次偷袭，不过东影尘可以确定的是，他们还没有发现自己真正的位置。

四名杀手仍然持续着射击，他们在等待东影尘失去耐心而出来；东影尘也把身体隐藏在承重墙后面一动不动，他在等待对方的弹药耗尽无法继续这样的火力压制。

然而，他们谁也没有等到对方失去优势，战局就由于西风林的介入而瞬间发生了扭转。

第二十四章

1

土坡上，西风林以最快的速度架好了狙击步枪，如此近的距离，她甚至不需要计算距离和风速，直接在狙击镜中锁定了四楼大厅中央背靠背不断进行射击的四个目标。

连续没有间断的三声厚重的声响，三个杀手的头颅旋转着爆裂开来，只留下身体直立在那里，脖颈处向外抛撒着鲜血！头目的身上沾满了血液和脑浆，他大致判断出了狙击手的位置，转身准备射击。西风林的枪首先响了，大口径子弹击中了持枪的手臂，他的整条胳膊都炸碎了！巨大的痛苦让他禁不住蜷缩在地上，发出惨烈的嘶喊声！

东影尘自他身后的一处断墙上纵身跃下，踱步朝他走去，"和我一起来的那个女孩，你真的不应该只派一个人去对付她！"

对方的意志也相当顽强，他已经停止了呼喊，努力支起身体，恶狠狠地瞪着东影尘。

"我不废话，只问你两个问题。"

"苍蝇被你们杀了？"

那人点了点头，"这个难道还用问么？"

"也是。"东影尘叹了口气，"问你下一个问题："霍烽派你来的？"

"你放屁呢！噗！"对方骂了一句，把口中的血沫喷向东影尘，东影尘似乎料到了，提前撤身，血污都落在了地上。东影尘不再说话，抬起右手，格洛克17清脆的声音响起，这个人的心脏被动能500焦耳的帕拉贝鲁姆9MM手枪弹迅速贯穿。他翻倒在地上，瞳孔渐渐散开。殷红的鲜血，慢慢自他的周身向外流淌，在地面上形成了怪异的形状。

2

省师范大学大学城女生宿舍中，林玦坐在书桌前，她默默地看着窗外，清晨的时候下了一场雪，晶莹的冰雪凝结在树木枯黑的枝干上，映入眼帘的是深浅不一，互相交衬的白色。

林玦的目光有些呆滞，阳光通过冰雪反射，刺进她有些红肿的眼睛。满目的白色在她的眼中渐渐划开，扭曲，颜色渐渐变深，最后凝结成了鲜红。林玦的心绪又飞回了那一幕，"啊！"她不禁叫喊出来。

这样的情况她已经出现过很多次了。

当时她报了警，可是当警察带走了父亲的遗体以后，只是简单地带自己到公安局走了一下程序，就再也没有了下文。父亲的死，透着深深的诡异，林玦联想起自己遭受过的袭击，明白父亲一定是得罪了某个庞大的势力。但真正让她无法接受的，不仅是自己失去了亲人，更是杀死父亲的人是东影尘。

林玦真正和东影尘的接触并不是很多，两个人甚至都没有完全了解对方，但一种虚幻的东西牵引着他们彼此，互相吸引着。

女性对情感的敏锐程度远远超过男性，东影尘对自己的态度，林玦大概是明白的。但她并不能做出什么回应，因为两个人生活的交集太少了。她已经是一个大学生，需要为未来做打算。然而令她没想到的是，东影尘居然会杀死自己的父亲，就在自己的面前。

那一瞬间什么都发生得太快了，她想做些什么，可是来不及。

寝室里的人都去上课了，林玦一个人戳在寝室里，她想过出去，可是每一丝寒风刮擦在她的脸上，都会让她在脑中反复闪映父亲倒下的画面。

"梆！梆！梆！"寝室门被急促地敲响了，"请问林玦同学在吗？我们是警察，想向找你再了解一下关于你父亲的情况。"

"哦。"林玦几乎没有经过思考，她用力支起自己的身体，走过去，打开了宿舍门。两个身着公安局警服的成年男人站在门外，他们甚至没有走进来，"麻烦您和我们去一趟局里，关于你父亲的一些情况我们还想再继续了解一下。"

"好。"林玦的目光有些呆滞，点了点头，拿起手机和钥匙，走出了宿舍门。

"把门锁好。"其中一名警察甚至善意地提醒了一句。

林玦随两个警察上了一辆黑色的轿车。

她的心里无比低沉以至于没有怀疑为什么两个警察会开着一辆民用的帕萨特而不是一辆警车！

车刚刚驶离学校，和林玦一起坐在后排的男人就从口袋里掏出了一块手帕，林玦正呆呆地望着车窗外面的景物，完全没有意识到危险的降临。

是乙醚！林玦直到被手帕捂住了口鼻，才意识到这是一个陷阱！她的瞳孔迅速扩大，眼神里露出深深地恐惧，仅仅挣扎了几下，就陷入了昏迷。

3

"雇主要做掉你！"章癫儒吓了一跳，苍蓝和陆群也都沉默着，脸上露出忧虑之色。他们做梦也没有想过事情会演变到这样危急的程度，这一次他们面对的是霍烽代表的黑帮黑网这个庞然大物，每一个人都明白，这一次真的是凶多吉少！

"放心吧。"东影尘宽慰着大家，"他们针对的是我，不会危及你们的。"

"你说的是人话吗！"章癫儒指着东影尘骂道，"哥几个还能不管你的死活！"

"不管发生什么，你是我哥！"陆群有些激动！

苍蓝在这个时候没有说话，却点了点头，表达着和他们两个相同的态度。

东影尘沉吟了一会，站起身来，庄重地弯下身，"我需要你们的帮助！"

"擦，跟我们你还整这套！"章癫儒笑骂。

"需要我们做什么？"苍蓝问道，陆群也朝东影尘投去询问的目光。

"我需要你们做到的第一点，就是保护好自己！然后才是和我一起想对策！"

东影尘心中此刻有焦虑，有担忧，甚至有恐惧，但本来缠绕着他的孤独却烟消云散了！

突然，放在茶几上的手机响了起来。

几个人正聚在一起商讨对策，听见了手机的声音，东影尘不禁皱起了眉头，什么人会在如此非常的时刻给自己打电话呢！

看清了来电显示，东影尘的心头不由得一颤！他甚至于没有勇气接起这个电话，居然是林玦！西风林也看清了是谁，她漂亮的眉头微皱，说了一句："接吧！"

"喂……"东影尘甚至没有抓起手机,而是打开了免提,似乎听的人多一些,他更有胆量说话。

"你就是东影尘?"电话里居然是一个厚重的男声,东影尘的心里顿时涌上一股不好的感觉!

"你是什么人?林玦呢?"东影尘的声音十分阴冷,他的身上,开始不断地倾泻出疯狂的杀气!

"我是真的没有想到,我雇佣去杀死林川尧的杀手,居然是东虹城的儿子!"对方并没有回答东影尘的问题,"这个世界还真是小啊!"

"你是霍烽?"东影尘已经明白了,他的牙关紧紧地咬在一起,牙齿狠狠地摩擦发出声响,他的眼眶几乎要挣裂!"林玦在你的手里?"

"那柄刀在你的手里?"霍烽还是没有回答,但是东影尘已经确定了,霍烽绑架了林玦,目的是换回那柄刀!

"是的。"东影尘没有掩饰,"你想怎么样?"

"明天凌晨四点,还是那个地方,你拿东西来换人。"霍烽的声音十分平静。

"好。"东影尘的语气尽管平和,仍然压抑不住恨意。

"你最好能够出现。"霍烽说了一句。

"我明白。"东影尘的内心已经失控了,他此刻唯一的目的,就是救出林玦。"但是我仍然有一个问题,你为什么这么想要这个东西?"

"你不需要知道。"

"你必须告诉我，不然我不会完成这次交易。"东影尘直接威胁道。

"哼！告诉你也无妨！"霍烽只能妥协，更何况，东影尘早已经深在局中了。"知道辽庆陵么？"

辽庆陵！东影尘还真的知道，辽庆陵是辽圣宗耶律隆绪的寝陵，位于青蒙的瓦林乌拉峡谷中，当地人称其为"王坟沟"。它于辽代极盛时期建造，文物数量十分庞大，考古价值很高。它同样也历尽了沧桑，20世纪遭到了侵略者，军阀的疯狂盗窃！当年日本侵华还曾经成立了专门的"辽庆陵考古队"，盗窃其中的文物。

"知道。怎么了？"

"事实上，辽庆陵的组成部分除了人们熟知的东陵，中陵和西陵以外，在它的正下方还有一个文物更加丰富的地宫！当年日本人鸟居龙藏实际上已经发现了它，却秘而不宣，而是偷偷封印了唯一的入口，然后回到了日本。当时他已经料定了日本的败局，打算战争结束时再次偷偷进入中国盗窃以据为己有，然而还没有再次来到中国，他就带着这个秘密病亡了"

"这和这把刀有什么关系？"

"这把刀是进入那里的钥匙，我已经找了它很多年！很多人都以为这把刀被鸟居龙藏将这把刀带回了日本，事实上，由于某些原因，这把刀被鸟居龙藏藏在了辽庆陵中陵的某个墓穴里。后来好几方前往寻找并抢夺它，最终落在了你父亲手里！"霍烽说到这里，东影尘才终于明白了，为什么这么多人的死，都源于这把刀！

"我明白了。"东影尘点了点头，"当初是你雇用了陈一南，还有林川尧！"

"看来你终于明白了！"霍烽冷笑道。

东影尘身上的杀气急剧积累，新仇旧恨，已经让他的理智渐渐崩溃。

房间里的空气几乎要凝固了，众人在听到了事情的真相后，大脑都短时间内陷入了短路的状态。他们实在无法想象，自己居然被卷入了这样的利益冲突当中。

"希望你准时送来我要的东西。"说完了这句话，霍烽直接挂断了电话。

这一刻，整个房间里的人都陷入了沉默。

"我本来应该想到的！"东影尘一拳捶在茶几上，一厘米厚的钢化玻璃甚至出现了裂痕。

"你真的要去么？"章癫儒问道。

"嗯。"东影尘点了点头，"我得去救她。"

"我不同意！"西风林突然说话了，"即便你把东西给了他，他也不会放过你，也不会放过林玦！他们一定准备了相当的人手，你去了只能是送死！"其他人听了西风林的话，也觉得有道理。事实上，在他们看来，林玦只不过是一个无足轻重的局外人，根本没有必要为了她去送死。

"哦。"东影尘点了一下头，"西风林，你可以不参与。"

他的声音很冷淡。

"就为了那个根本不喜欢你的人，你就要去死？"西风林看到东影尘这样的态度，情绪也激动起来。

"我一定要去，而且我不仅仅是为了她。"

"东影尘，你要相信我，我并不是出于感情，我不是因为吃醋或者什么才阻拦你，而是现实如此，你不能去送死！"西风林仍然想继续劝说东影尘。

"可我爱她啊。"东影尘的声音很平淡，他甚至没有在乎西风林是他的女朋友。

"如果你一定要去的话，"西风林实在没有想到，东影尘居然当着面对自己说他爱其他的女人，她的声音也冷下来，"我们分手。"几个旁观者已经不知所措，他们实在无法料到这场战斗居然还会威胁到两个人的感情。

"那就分手吧。"东影尘冷冷地看着西风林，两个人的目光撞击在一起，西风林在东影尘的眼中搜索不到任何情绪，只有深不见底的黑暗，她甚至已经开始后悔了。"你可以走了。"东影尘说完这句话，不再看西风林，转向其他几个人，"如果你们也这样想，也可以离开。"

几个人都很尴尬，没有作声，西风林没有再说什么，泪水禁不住从脸颊滑落，她转身离开了房间。

"哥……你这样……"陆群不明白东影尘对于西风林突如其来的冷淡。

"唉……"东影尘叹了一口气，整个身体似乎都突然失去了力气，瘫倒在沙发上，"我知道她会这样说，所以我故意激走了她。"当东影尘这样说时，他们都明白了，几个男人的眼角也有些湿润了。

"我不能再让自己爱的人受到伤害，我犯得错已经够多了。"东影尘的声音已经不再冰冷，这一刻，他似乎又像两年前那个孤独的死小孩了，懦弱，敏感。"你们都走吧。"

"不"几个人摇了摇头。

"走！"东影尘提高了音量。几个人不再坚持，他们转身离开，心里则做着其他打算。

他是一定要去救林玦的。关于林川尧的死，东影尘的心中还有一个更加阴暗的伤口。他甚至觉得，自己杀死林川尧，不仅仅是为了报仇。那是一种扭曲的心态，他似乎想通过杀死林川尧，来宣泄内心强烈的妒火！他是妒忌李彦辕的，甚至对林玦产生了恨意，他的心里有一种极度黑暗的东西在伴随着绝望升腾着！林川尧死后，东影尘一直在不断地挣扎着，良知，道德，理性，甚至是对林玦的感情都在告诉他，他错了！

长期以来善和恶就是他心中最深的矛盾，他不知道善恶的评判标准究竟是什么。又或许，这只是强者把仁慈施舍给弱者时，发明的用以制定规则的名词。但在他心里，人类实现欲望是否建立在伤害他人的基础上，就是善与恶的临界点。这两种力量交织在一起，互相噬咬着，扭打在一起。

这一次的事情距离他个人的情感最近，于是成为力量冲突爆发的出口，几乎把他撕扯得粉碎。

救回林玦，了结自己同霍烽的恩怨，似乎成了一个契机。

一个寻求自我原谅的契机。

获得原谅的灵魂如果能重获自由，那么他宁愿离开这座肉身。

东影尘决心完成这件事，自己的内心或许就能够从这无尽的挣扎当中解脱出来了。

假若魂魄被拖向黑暗的深渊，对爱与人性的找寻，又是否能够让人得到救赎……

第二十五章（大结局）

1

东北端郊区和城市结合部废弃楼盘。

凌晨时分，冬季里这样的时间，阳光还没有露出来，一切都渗透着阴寒。不时有稀稀落落的雪花飘落下来，使无边令人恐慌的黑暗中还多出了几丝白茫。

建筑侧面的那个高大的土坡上，一个黑色的身影渐渐浮了起来，是东影尘！

他全身都被黑色的夜行服包裹着，只露出一双闪烁着夺目光彩的眼镜。他从身后抄起了复合弓，搭上猎箭，慢慢瞄准了楼顶上仅仅露出半个头部的狙击手。锋利的黑寡妇三棱箭头在黑暗中，刃部闪现着冷厉的光泽。目光穿透风雪，隔着超过一百米的距离，东影尘牢牢锁定了对方。

箭摩擦着冬季干燥稀薄的空气，发出尖锐的破空声，在风雪中却显得十分细微。

这一箭准确地贯穿对方的脑颅，在这样的天气状况下，没有经过相当仔细地瞄准，这一箭无疑体现了东影尘的射击精度！

他再次搭箭，开始搜索着明显或者重要的目标，这个时候，他突然看见了两个熟悉的身影，苍蓝和陆群已经潜入了楼内！

他们到底还是来帮他了。

东影尘有些担心，却又带着一点喜悦，其实他在感情上是希望他们来的。

一个破旧不堪的墙面上，苍蓝的身体紧紧依附在墙上，四肢利用钢筋卡得十分牢固。他身上黑白灰褐相间的专业伪装衣，让他看起来和这堵裸露着钢筋与砖瓦的墙面一模一样。作为一个忍者，苍蓝隐藏形迹和气息的能力，无疑是最强的。三个手持 MP5 冲锋枪的杀手自他的眼前经过，苍蓝突然自墙上跃下，两柄长刀在他的手间翻转，最靠近的杀手喉管被瞬间撕裂了，他左手的刀翻转为反手持拿，回身捅穿了下一个的心脏，右手的刀顺势劈下，最后一个杀手直接被从上至下劈为了两半。

建筑的另一端，陆群手持加装了消音器的 SCAR 短突击步枪，身后还背着那支巴顿复合弩。他游走在楼层之间，逐渐蚕食着对方埋伏下的力量，并利用对方身上的炸弹做成一个又一个简易的诡雷以防残余自背后偷袭。

东影尘的计划是，提前一个小时来到这里，做掉所有埋伏下来的人手，再伺机救出林玦，他的计划也被章癫儒，苍蓝，陆群三个人研究透了。在形势上，他已经失去了先机。先下手为强，提前发动攻击，说不定还有翻盘的可能！苍蓝和陆群的到来，加快了这个计划进行的速度。

将弓背在身后，东影尘也快速地朝大楼移动着。他的速度如同闪电，却又无比轻盈。眼前是一个金属框架，东影尘猛然跃起数米，单手紧紧抓住了铁框，用力向前荡去。落地的一刹那，东影尘完成了一个完美的翻滚用来缓冲弹射在地上的力量。他顺势摘下了背后的复合弓，东影尘几乎在一瞬间就搭好了箭，本来紧紧盯着楼梯口刚刚转过身的家伙被射穿了脖颈。

楼梯口，一个杀手突然闪现，黑洞洞的枪口指向东影尘，东影尘的反应十分迅速，几乎在一瞬间闪在他的侧面，弓不知什么时候挂在了背后，左手锁紧对方的头部向下狠压，右手闪出 SOG 格斗刀，自后背斜向插入了心脏！他刚刚抽出刀子，楼梯下面的一个杀手似乎听见声音跑了上来，军刀在东影尘手中翻转，疾速飞出，钉在了那人的头顶上，红白相间的混合物自刀刃向下流淌着。

2

已经接近凌晨四点了，东影尘三人在对讲设备中互相确认着各自的情况，章癫儒也没有闲着，他虽然没有直接参加行动，却一点也没闲着。章癫儒花费了一晚上的时间，将整个楼盘周围的地形，地势，平面图，都利用公安局的卫星系统调集并综合起来，否则三人的行动也不会如此顺利。

此时雪已经停了下来，天边渐渐显露出明亮的颜色。

顶层的窗前，林玦的双手被缚在背后，她的眼睛通红，里面有惊恐、担忧、倔强，各种情绪混杂交织着。她的身边站着一个女人，看上去仅仅二十七八岁，眼睛里却带着一种与年龄不相称的沧桑。她的手里提着一张复合弓，是马修斯的怪兽远征！真正了解复合弓的人看到这把复合弓张开的角度，一定会惊讶于这个女人居然会拥有如此恐怖的力量。因为这张弓的磅数，已经接近了一百五十磅！接近了东影尘手里的复合弓的整整两倍！

这个人，是霍烽最得意的一个杀手，Piranha，拉丁文释义是"食人花"！

"我来了！"东影尘自一处墙角后面走出来，苍蓝和陆群立于他的左右。

然而当Piranha转身的一刹那，东影尘的瞳孔便急剧收缩，这个女人所具有的压迫力，超过了自己。按照东影尘的判断，这个女人的实力甚至隐隐超出鬼鉴岚！

"你以为做掉了下面那些杂碎，你就可以活着离开这里了？"女人冰冷的声音回荡在建筑内部。林玦看清了东影尘，她不知道自己该如何面对东影尘，这个杀死自己父亲的人，现在却又是来拯救自己的。

东影尘没有说话，身上的杀气不断凝聚着。

"东西带来了么？"女人问了一句。

东影尘仍然沉默着，左手伸向了背后，缓缓摘下了复合弓，右手搭在了箭尾上。他没有料到对方阵营里会出现这样的高手！

"无所谓了。"她似乎并不在意东影尘是否带了东西过来。"不管怎么说，你们今天都要死在这里，你没拿东西我们自己去找就是了。"

东影尘保持着镇静，他朝陆群和苍蓝使了个眼色，"动手！"三个人同时出手！他们都意识到了对方的恐怖，所以丝毫没有保留，都全力以赴。苍蓝的两柄肋差接连出手，如同两道闪电劈向对方，最后一柄长刀也猛然出鞘在手，刀身划出一道绚烂的弧线，直逼其面门，陆群抬起了手中的突击步枪，接连打出两个长点射。东影尘的身体则高速移动穿插在各种障碍物之间，不间断地把箭射向 Piranhn。

Piranhn 也动了！她的速度更快，手中的复合弓迅速抬起，挡住了苍蓝飞过来的两柄长刀，身体快速向前翻滚移动，避开了苍蓝迅猛的一刀，陆群打过来的子弹，也被她甩在了身后。倒是东影尘的弓箭给她造成了不小的麻烦，足足四支箭从她的身边飞过，有一支箭甚至划过了她的肩膀。伤口不深，却立刻有血迹渗出。

然而这种现状，很快就被她凌厉的攻势扭转。她的身体猛然弹射至屋顶，脚尖居然勾住了一道细细的铁梁，身体围绕着旋转起来，同时射出一支支夺命的箭。

陆群手中的枪被射中，跌落在地上，当下一支箭飞至的时候，他已经来不及躲闪，长长的羽箭洞穿了陆群的肩头，居然把他这个彪形大汉钉在了地上！陆群挣扎着想要起身，肩膀上却传来刺骨的疼痛。

苍蓝一击不中，劈出各种连斩，奇快的速度让逆风和唐竹几乎合成一刀。对方以弓格挡，居然别住了苍蓝手里的刀。"咔吧！"苍蓝的长刀竟被硬生生扭断，断下的刀刃划过他的胸前，顿时形成了一个相当大的伤口。

战斗刚刚开始，自己这一方就损失了两个人，东影尘心中大骇。

东影尘和 Piranhn 同时沿着各种砖石，钢筋和沙袋相互对射着。不断有箭头划过对方的躯体，在彼此的身上留下一道道细小的伤口。Piranhn 的心情开始有些急躁了，她从来都没有遇见过东影尘这样难缠的对手。当她射尽箭囊中最后一支箭时，直接扔下了手中的复合弓，袭向东影尘，同样射空了箭壶，东影尘也没能斩落对方，于是也扔下手中的复合弓迎了上去。

两个人缠斗在一起，东影尘二段踹，切向 Piranhn 的侧动脉，她的手臂挥起，接住了两记重击，随后蹂身而上，在空中连续膝击，险些击中东影尘的下颚。东影尘以手掌截击，感觉到手上的骨头都快要碎裂了。当他再次以摆拳攻击的时候，Piranhn 直接伏下身，她居然从东影尘的胯下钻了过去！

如此卑鄙，不惜自取其辱的战术，令东影尘防不胜防！几乎在一瞬间她便出现在东影尘的身后，两只手臂紧紧锁住了东影尘的脖子，并且不断收紧。东影尘几乎完全陷入了窒息状态……

3

两个人仍然僵持着。

东影尘用尽全力向后肘击，击打在对方的小腹。对于女性来说，再怎样的高手这里都是脆弱的部位，Piranhn 不禁疼得跪在了地上。东影尘的手终于能触碰到地面了！

他不再去试图搬动对方那如同铁钳般的手臂，而是在地上摸索起来。当他抓到了一个东西的时候，战斗的结果瞬间便明朗起来。

那是一支被他们射落在地上的箭！

"噗！"东影尘的手突然扬起，羽箭透过太阳穴，刺穿了 Piranhn 的头颅！她的眼睛睁得大大的，似乎惊诧于这突如其来的逆转。

东影尘放下了她的尸体，大口地呼吸着空气，他双手支地，全身充满了疲惫。

这个时候，他突然发现视野内居然失去了林玦的影子。怎么回事？东影尘的心再次紧张起来。东影尘仔细搜寻着每一个角落，在通向楼顶的楼梯口，有一排脚印，一个是女孩的，另一个是男人的！他急忙朝着楼梯冲上去，苍蓝和陆群也已经捂紧伤口，挣扎着起身，看到东影尘消失在楼梯口处，也跟着上去了。

"都别动！"一个声音，如同炸雷般在他们耳边响起，当东影尘听见这个声音时，心里顿时凉了半截。

这里除了这个实力超群的女杀手，还有一个人。

霍烽！

就在刚刚混战的时候，他把林玦吊了起来！一根足足有十多米长的绳索穿过楼外塔吊上的滑轮，一端在林玦的手里，另一端在这个霍烽的手里。

他狡诈的程度已经超乎了人的想象，刚刚整个打斗过程中，他都在旁边躲着，当他见识到东影尘等人强悍的战斗力时，他就悄悄地挟持了林玦来到楼顶，制造了这样一个死局！

"把刀交给我，然后都离开！否则我会松手的！"霍烽威胁道，"你们最好快一点，她应该坚持不了多久！"

"可以，但是你现在就要拉她上来。"东影尘已经心急如焚，却仍然表现得镇定自若。

"不可能！我只要拉她上来，你们就会杀死我！"他是一个聪明人。

东影尘短时间内找不到解决的办法，而林玦似乎已经接近极限了！

就在这个时候，对讲设备里穿来了一个声音："我已经就位！我们现在该怎么办？"是西风林，她还是来了！

听到西风林的声音，一个想法在东影尘的心中一闪而过，西风林是狙击手……只是这样……就这样罢！短暂地思考，东影尘已经下定了决心！

"击毙目标！"东影尘在耳麦中对着西风林下达了指令。

"什么？"西风林不由得一怔，其他人也听清了东影尘的话，他难道疯了吗！

"击毙目标！"东影尘重复了一次。

西风林没有再犹豫，她此刻正在四百米以外的建筑楼顶，以最快的速度锁定目标。

"轰！"

大口径狙击步枪炸雷般的声音响起！

霍烽的头已经没了！

枪声响起的一刹那，东影尘扑向了那根绳索！当其他几个人看清他的动作时，都禁不住吼了出来："不要！"

东影尘及时抓住了绳索！他是来不及站在建筑边缘拉住绳子的，疾速奔跑的惯性让他只能冲出去。

但他比林玦重了一些，不断向下磨动！两个人高度重合的一瞬间，东影尘的手猛然伸出，抓住了林玦的衣服。暂时地，他们在空中僵持下来。两个人目光再次触碰到一起。

"我爱你。"东影尘的声音有些沙哑。

林玦点了点头，却不知道回答些什么。

"呲啦！"林玦的衣服裂开了一个口子，东影尘明白，坚持不了多久了。

他稍加思索，脸上露出坚毅的表情，似乎做出了重要的决定。林玦看着他的脸，猛然间心头生出，和父亲死前一样的感觉。她刚要喊出来，东影尘已经动了。

东影尘突然用尽了全部的力气把林玦抛向楼内，林玦重重摔在水泥地面上，细碎的砖块刮破了她俏丽的面庞。

绳子的另一端终于失去了负担。

东影尘！快速的向下坠落着！

"不！"林玦喊了出来！西风林也喊了出来！苍蓝和陆群已经呆住了！

没有人想到，最终会是这样的结果。西风林已经陷入了疯狂，刚刚是自己开了这一枪！林玦趴在楼顶的边缘，声嘶力竭地嘶喊着！

东影尘向下坠落着，风刮擦着他的耳膜，有些刺痛。父亲的死，鬼鉴岚，林玦，西风林，陆群，苍蓝，章癫儒……

一个个熟悉的面孔，一幕幕熟悉的景象，在他的脑海中跳跃着……

"命运并非是能轻易被突破的东西，当你觉得你突破了命运的时候，命运只是换成另外一种方式束缚着你，引导你去最终的地方。"（《龙族》江南）

有些时候，灵魂要实现与众不同的爱与完美，肉身就要被撕扯得支离破碎。

在没有人看到的角度，东影尘居然大笑起来，他太久没有露出如此灿烂的，发自内心的笑容了。

在生命的最后一刻，感受到最深切的幸福，这样的人应该不多吧，东影尘想着。

坠落着，东影尘在最后的时间里问自己："都还清了罢？"

第二十六章　尾声

绿地金融中心摩天大厦的顶端，西风林坐在那里，坐在那个她曾经和东影尘吻在一起的地方。她的长发披散开来，随风起舞。

西风林的双眼有些红肿，眼角的泪渍还没完全干涸。她静静地坐在这，望着远处环形的街道，高高低低的楼宇，夕阳半个血红的面孔都投入了地平线，剩下一半美丽的影子洒在建筑物上，街道上，车辆上，还有人们疲倦的脸上，黄昏夹着习习的凉风飘然而至。

那成片的繁华场，就像画皮下长着血盆大口的修罗，迎面吞噬每一个踏进去的人。

东影尘想逃跑，可还是被吞噬了。

西风林坐在这个位置上，追寻着那个吻的样子。

那时因为紧张，她的双手不知道该放在哪里，紧紧拽着自己的衣角。那个吻是带着甜甜的味道的，可具体是怎样的味道，她想不起来了，她努力回想着。

　　她的手边放着一个做工精细的牛皮本子，这是从东影尘的遗物中翻找出来的。

　　这是他的日记。

　　"今天偶然在网上看见，中国居然还有这样一个地方，叫岜沙。岜沙苗寨，被誉为'中国最后一个持枪部落'。它位于距离从江县城7.5公里的山顶上，是中国最后的一个枪手部落。岜沙人保持着男耕女织的生活，饲养牲畜，耕田种地，养狗打猎，纺线织布，过着与世无争的和谐日子。有机会一定要去看看，我也想过这样的生活啊。"

　　西风林看到这里，不禁笑出来，随即眼泪又止不住地流下来。

　　"你望着深渊的时候，深渊也在望着你。所以看可以，别看太久。今天看了一部电影，里面说了这么一句话。我是不是也看的太久了？"

　　"我不是一个好人了，可我尽力坏得有分寸啊。我清楚有罪，我认。"

　　"有时候我就在想，可不可以喝点酒把自己灌醉了，因为醒着实在太难过了。但我好像又有不得不做的事情，我必须醒着，然后我越来越难过。"

　　"赵雷在唱《理想》之前说，我的理想就是理想不再是理想。理想这种东西，究竟要我怎么样才能实现呢，为什么非要让我一次次沉入失望的生活里呢！"

　　西风林看到这里，已经泪流满面，日记本上的字迹都被打湿了。她想起来，仿佛在某个同样的黄昏，东影尘坐在她前面，只留给她一个背影，嘴里说着这句话。

　　"我的理想就是理想不再是理想……"

GODALSOWANGTSTOFLYWITHTHEDEVIL.

[完]

后　记

经历了反复修改，《鬼鉴岚》完成了。

东影尘，终究还是死了。

其实我想解释一下，我并不是故意要让主人公死去的，主人公所具有的性格，所从事的活动，所遭遇的事情，注定了他会是一个悲情人物。

从某种程度来看，他是具有反社会人格的，他会反抗多数人不会反抗的事物。阶级压迫无时无刻不存在着，而且就在我们的身边，就发生在我们每一个人身上，但大多数人都是会选择屈服的。这并不是哪个人的错，而是整个社会共同面对的问题。

但东影尘选择了反抗，他选择了，也没得选择，这也是主人公最为无奈的地方，也是整部作品悲情所在。

当最终他选择从楼上摔下去的时候，我相信他在那一刻是开心的，对他来说那或许是最好的解脱。

小说的剧情在大多数人看来应该是很狗血的吧，人物直接的关系，似乎是大多数小说出现过的套路。可是我并不畏惧这一点，因为这些就是切切实实会发生在人们身上的事情。比如爱而不得，难道不是大家都会在青春里遇见的事情吗?

还有人说真正有力量的文学作品，不能过多地描写个人的情绪，会有无病呻吟的嫌疑，要有更多反映现实的力量。但是当个人的刻画足够细致深入时，也就代表了群体的声音。

当我写完尾声时，我的眼前播放着赵雷演唱的《理想》，东影尘的一幕幕闪现在我的脑海中，那一刻我几乎和他重合在一起。对现实，对生活的不甘，还有对东影尘的同情，各种复杂的情绪让我失声痛哭。

我想刻画一个人物的最好状态，可能就是在某些瞬间，把自己当成了他吧。

在整个修改过程当中，其实有很多地方我可以修改得更多，更好，但我有意识地将其控制在一定限度内。

因为我觉得，修改的前提是要保证创作的初衷的，如果时隔很久自己成长了，那就继续等待，等待着把这些东西放进新的作品当中吧。

创作是不断成长的，没有尽头。

别了，《鬼鉴岚》。

别了，东影尘。

别了，青春里最无奈的挣扎。